LETTRES DV COMTE D'AVAVX

A VOITVRE

suivies de pièces inédites

IMPRIMERIE DE LOVIS PERRIN, A LYON

LETTRES

DV

COMTE D'AVAVX

A VOITVRE

ſuivies

de pièces inédites extraictes des papiers de Conrart

ET PVBLIEES

PAR AMEDEE ROVX

PARIS

LIBRAIRIE D'AVGVSTE DVRAND

rue des Grès-Sorbonne, 7

M DCCC LVIII

AV LECTEVR

DANS vne remarquable estude insérée dans l'Athenæum françois, Monsieur Sainte-Beuue exprimoit le regret que les derniers éditeurs de Voiture n'eussent pas joinct à sa correspondance auec le comte d'Auaux, l'vne au moins des lettres de cet illustre diplomate. L'ingenieux critique, sous l'influence de cet esprit de diuination qui l'abandonne rarement, supposoit auec raison que les lettres du grand seigneur garderoyent peut-estre vn rang honorable, à costé mesme des lettres si spirituelles & si soignées du grand épistolier de l'hostel de Rambouillet. Voiture dans ses reponces nous laissoit suffisamment entre-voir toute la supériorité de son protecteur sur le terrein du jugement, de la conduicte & de la froide raison; les quatre lettres que je publie aujourd'huy, auront pour effect, je le crois, de ré-

habiliter au poinct de veue littéraire le grave ambassadeur, qui sous ce rapport & jusques à ces derniers tems avoit conserué vne assez équiuoque reputation, & qu'on ne se représentoit gueres sans vn disgracieux cortége de lourdeur & de pedanterie. Les quatre documens que j'ay trouués dans les intéressans papiers de Conrart, viennent éclairer d'vn jour aymable l'austere figure de l'homme d'Estat. Ces lettres il est vray ne sont point exemptes de citations latines; c'estoit l'accompagnement obligé de tout escrit sérieux, à vne époque, où les jurisconsultes eux-mesmes se preualoyent plus volontiers encore de l'autorité de Virgile ou de saint Augustin que de celle de Barthole, de Cujas ou de Dumoulin. Le comte d'Auaux cite toutefois auec vne modération relatiue, & la substance vn peu légere de ses escrits est plus tost raffermie qu'étouffée par les textes latins qui l'enchassent, comme on voit des blocs énormes disposés par l'architecte aux angles des vastes monumens. Il faut d'ailleurs se rappeler qu'il s'adressoit à Voiture, & que ce dernier, tout fier de son double titre de pater elegantiarum, *& de* pater leporum, *aymoit à semer dans la trame de son style ainsi que des paillettes d'or, des réminiscences nombreuses de ses poetes de prédilection: Térence, Tibulle, Properce & l'Arioste. Quoy qu'il en soit, il ne m'appartient point de dicter au public son jugement, & sans pousser ce discours plus auant, je vais passer à vn autre subject, laissant le noble comte seul en présence de l'équitable postérité.*

En publiant il y a deux ans la vie de Voiture en teste de la premiere édition de ses œuures complettes, j'auois dû faute d'espace supprimer vn grand nombre de documens & de pieces justificatiues qui auoyent leur importance, & qui trouueront place naturellement à la suite des lettres du comte d'Auaux. On distinguera entre plusieurs cinq lettres latines ou françoises adressées à Voiture par Balzac, & l'on pourra juger en les lisant du cas & de l'estime que l'éloquent gentilhomme d'Angoulesme faisoit de son riual.

Dans les poesies de Voiture, des personnes clairuoyantes auoyent decouuert certaines allusions defauorables aux mœurs de la duchesse de Sauoye sœur de Louis XIII; j'en ay moy-mesme parlé séuerement dans le passage que j'ay consacré au recit du voyage de Voiture en Italie: j'insere icy vn fragment inédit des manuscrits de Conrart bien propre à excuser & à legitimer ces attaques, dont les escriuains les plus moderés & les plus déuoués à la monarchie, tels que le pere Griffet, n'ont pu s'abstenir entiérement.

Le complément de ce petit volume se compose de mes conquestes à la Bibliothèque de l'Arsenal, conquestes dont je retiens encore vne part, mais que j'ay le bon propos d'offrir tantost au public, s'il fait à ce peu de pages l'accueil que je desire. La plusspart de ces pieces, si elles ne regardent point directement Voiture, sont pourtant & pour ainsi dire imprégnées du parfum de sa plume, & presque toutes émanent de son entourage & sont signées des noms de l'in-

comparable Arténice, de ſa fille la ducheſſe de Montauſier, de cette excellente comteſſe de Maure que nous a preſentée déja vn celebre philoſophe de ce tems-cy, de l'auteur du Grand Cyrus *&* *de* Clelie, *de Madame Deſloges & de quelques autres dames bien connues des lecteurs de Balzac & de Voiture, au milieu deſquelles a pu ſe fouruoyer, grâces à ſa petite taille, le nain de la princeſſe Julie, le ſpirituel eueſque de Vence.*

Un petit nombre de pieces ſeulement ſont étrangeres à la ſocieté de l'hoſtel de Rambouillet, & je les rapporte icy à cauſe de leur extrême intéreſt. Les trois lignes ſignées du nom de Madame Scarron offrent en effect vn ſingulier contraſte avec ce que l'on croit ſauoir de ſa vie & de ſes mœurs; la lettre de l'abbé de Belesbat & celle de la dame inconnuë jettent vn jour ſiniſtre ſur la corruption de la cour du grand Roy, & ſur la dépravation croiſſante des hautes claſſes au declin de la regence de la Royne mere.

Voilà tout ce que j'auois à dire ſur la publication de ce petit volume, qui aura atteint ſon but ſi elle contribue à entretenir le goût renaiſſant pour la littérature & l'hiſtoire de ce dix-ſeptiéme ſiècle, qui fut ſi grand & dont l'eſtude ſeroit ſi profitable à noſtre génération ſceptique.

AMEDEE ROVX.

LETTRES DU COMTE D'AVAUX

I

LETTRES DV COMTE DAVAVX A VOITVRE

LETTRE I (1).

Monſieur,

VOUS eſtes donc réſolu de tenir bon, & ſi je ne fays réponce ponctuellement à toutes vos lettres, je ſuis incivil, ou je me repoſe trop ſur quelque témoignage d'affection que je vous ay rendu. Encore ſe faudroit-il ſouvenir que je ne ſuis pas maître de toutes mes heures, & que ſi, après en avoir donné la meilleure partie aux affaires, j'employe le temps

(1) Voyez la reponce de Voiture, lettre CLXXVI, page 348, edition Firmin Didot

que je vous dis à me délaſſer, la république vous en aura quelque obligation. J'ai creu, en effet, que je pouvois me diſpenſer de vous écrire ſi ſouvent, & ſi ſcrupuleuſement : *Neque enim continuo parum amat qui parum officioſus eſt*. Mais, à ce que je voy, voſtre impatience, pour ne dire ſuperſtition, ne ſouffre pas que, de cinq lettres receuës, je puiſſe, ſans crime, me contenter de faire réponce à trois. Vous ne m'en avez pas ſeulement fait de grandes pleintes ; il y-a trois mois que vous ne dites plus mot; voſtre colère eſt bien ſoudaine, de me ſaiſir mon revenu ſi toſt que le terme eſt écheü, ſans attendre jour, ni ſemaine. A ce prix-là, je vous avouë que voſtre affection du temps paſſé m'eſtoit plus commode que celle d'apréſent. Vous ne m'aymiez pas moins, ſans doute, quoy que vous ne m'écriviſſiez jamais. Quatorze ans de ſilence n'avoyent garde de paſſer pour vn manquement, & pour vn oubly. C'eſtoit plus toſt, diſiez-vous alors, vne preuve de la haute opinion que vous aviez de ma conſtance, qui n'avoit point beſoin de ces devoirs qui entretiennent les amitiez vulgaires. Maintenant qu'il vous plaiſt de m'aymer d'une autre ſorte, & que vous voulez parvenir à vne meſme fin par deux voyes toutes contraires, ne me ſera-t-il point permis, à mon tour, d'éprouver voſtre fermeté par quelque trêve de complimens? Mais vous eſtes bien tendre pour vne telle épreuve : *Delicias hominis*. A peine les jours de mon ſilence ont égalé les années du voſtre, que vous vous mutinez, & que je me voy en danger de faire encore ſix ambaſſades, ſans receuoir de vos nouuelles. Voicy vne fâcheuſe année pour moy; tout le monde m'en veut; ſi je tiens la plume avec M. Servien (1), il me querelle; ſi je la laiſſe à M. Voiture, il ſe dépite. Souffrez, au moins, que j'uſe de voſtre rhétorique, & que je die qu'il vous ſied bien de parler & d'écrire, que c'eſt vous faire plaiſir que ne vous pas interrompre. Je n'ay voulu répondre qu'autant qu'il en faloit pour vous faire connoiſtre que je vous entendois. Et de vray, comme j'écoute plus volontiers que je ne parle, je lis auſſi plus volontiers que je n'écris. Vous appelez cela incivilité; mais dites-moy, je vous prie, ce qui eſt modeſtie quand on eſt enſemble, change-t-il de nom entre les abſens; & vne ſi bonne choſe que le ſilence, prend-il vne autre qualité par l'éloignement des perſonnes? Vous en jugerez comme il vous plaira, pourveu qu'il ne vous vienne pas en l'eſprit que je me repoſe de la conſervation de voſtre bien-veüillance, ſur les choſes que vous dites; car quoy que j'euſſe, peut-eſtre, quelque droit de le faire, meſmement envers vn homme qui a tant d'amitié, de foy & de probité, qu'au lieu meſme où il n'y en a point du tout, il eſt eſtimé par là; je ne voudrois pas démentir, par ce ſeul acte, le jugement que j'ay toûjours fait ſur cette matière. A mon avis, celuy-là eſt le libéral entre deux amis, qui donne à l'autre le moyen de luy faire plaiſir. Perdez donc cette créance que je

(1) Dans la reponce de Voiture le nom de Seruien eſt en blanc

me fonde sur quelque léger présent que la fortune vous fait par mes mains. Mais aussi il ne seroit pas juste que ma condition en fût empirée; & que pour avoir essayé de mériter vostre affection, il me fût plus mal-aisé de la conserver qu'auparavant. Toutefois, si vous y prenez garde, j'ay répondu à vos lettres d'affaires; quant à celles de galanterie, où vous réussissez à merveille, *nobis non licet esse tam disertis*, excusez-moi si elles demeurent sans retour. Vrayment il vous sied bien d'exiger d'vn homme confiné dans la Westphalie, qui est vne vive image de la barbarie de l'ancienne Allemagne, de répondre aux inspirations qui vous viennent à la ruëlle du lit de Madame la Marquise, ou de cette autre personne qui est si aymable avec toute sa majesté; en vn réduit si délicieux, *vbi libelli stoici inter sericos jacere puluillos amant*, au milieu de tous les ouvrages de Ferdinand, & de tant de belles testes qui ne sont pas toutes en platte peinture, il faudroit estre vn buste & vn marbre, pour ne pas concevoir des merveilles, *tum viro longas conditis iliadas*. Quant à moy, qui n'ay autre entretien, depuis tant d'années, que celuy des étrangers, & encore les plus éloignez de nos mœurs, j'ay non seulement oublié toutes les gentillesses de France, mais j'en ay presque oublié la langue. En effet je ne say si je vous dis congruement, que je n'ay aucun mécontentement de vostre interprétation astronomique; & que bien loin de cela je m'en pris à rire, & la releus avec plaisir. Vous faites vne grande apologie là dessus, qui n'estoit point néceſſaire ; il ſuffiſoit de me dire, que vous n'aviez communiqué à perſonne cet endroit de ma lettre où vous aviez creû voir de ſi belles étoiles. Mais je vous aſſure encore vn coup que vous n'aviez pas bien ajuſté voſtre aſtrolabe. J'étois bien éloigné d'vne telle penſée, & le reſte de ma lettre ne vous donnoit pas lieu de me croire en ſi belle humeur. Je vous y racontois mes diſgraces depuis que j'eſtois ſorti de France, & quand je viens à vouloir écrire, que celuy que l'on m'avoit aſſocié en ce voyage reſſembloit à ces femmes de bien qui font enrager leurs marys, je ſoutins la plume & laiſſay quelque eſpace en blanc, parce que je fis ſcrupule de me pleindre ſi toſt d'une diviſion naiſſante à laquelle j'eſpérois qu'on pourroit remédier. Enfin, il eſt vrai que voſtre explication ayant eſté ſuivie de pluſieurs lettres qui m'apprirent que la cour eſtoit de meſme avis, je ne penſe pas avoir eu grand tort de croire que la conſtellation qui vous a paru, avoit produit cet orage. Mais il eſt vray auſſi que je n'en ay eu aucune mauvaiſe ſatisfaction. Je ſerois bien allemand ſi je prenois cela à cœur. C'eſt aux dames à s'en défendre ; je n'entreprends pas ainſi ſur leur pudeur, & ne veux pas leur diſputer ce qui leur eſt tombé en partage. Et puis ce n'eſt pas où le mal me tient :

Non mihi Tyndaridis facies inviſa Lacænæ,
Culpatuſve Paris, Divum inclementia, Divum,
Has evertit opes, ſternitque a culmine Troiam

Ne ſoyez donc plus en peine de vous juſtifier, je ne vous impute rien :

> Amiſit jam fama fidem, jam fabula finem
> Accepit. . .

Tout cela s'eſt détruit de ſoi-meſme. Je n'empêche pas, néantmoins, que vous ne ſoyez encore amoureux de voſtre ſonge ; il en eſt arrivé autant à beaucoup de perſonnes ; ſeulement je vous aſſure, en vérité, que ce bruit ne m'a nullement détourné de vous écrire, & qu'au contraire, il m'en a ſouvent fait prendre le deſſein. Mais tantoſt j'ay eſté interrompu par les affaires ; tantoſt par faute de ſanté ; quelquefois par une confiance en vous & en la facilité de vos mœurs ; & quelquefois encore par la défiance de moy-meſme, quand il eſtoit queſtion de vous rendre *atticam illam elegantiam*, qui embellit tout ce qui part de vos mains. Je n'ay pas ſeulement dit au réſident de Suède, que Monſieur de Cериſante a eſté fort bien receu en France, & avec l'approbation de toute la cour, je luy ay encore rendu d'autres témoignages d'amitié, dont il me ſemble qu'il a beſoin, & icy & à Oſnabrug je ſuis,

Monſieur,

Voſtre bien humble ſerviteur.

AVAUX.

A Munſter, le 15 octobre 1644.

LETTRE II (1).

VOVS demeurez dans vne vieille erreur que je ne vous fais point de réponce, & ſur cela, voſtre travail vous paroiſt infiny, & voſtre peine perduë d'avoir à entretenir vn muet qui ne parle ſeulement pas par ſignes. Néantmoins s'il faut regarder le nombre des lettres, dont nous autres pareſſeux tenons ſi bon compte, il s'en faut bien peu que vous n'en ayez receu autant que vous m'en avez envoyé. Mais comme vous ſongez trois mois à m'écrire, ſans en pouvoir venir à bout; je me travaille encore plus longtemps à vous répondre. Dans ces huit pages qui vous ont tant couſté, je ne trouve pas à quoy m'attacher. Vous autres belles ames, favoris d'Apollon, qui gouvernez les dames, vous faites des iliades ſur vn pied de mouche. Nous autres gens d'affaires ſommes plus groſſiers; noſtre eſprit eſt borné avec noſtre ſujet, & dès qu'il ne nous ſoutient plus, nous donnons du nez en terre. Que voulez-vous que je die à voſtre dernière lettre? que

(1) Voyez dans les OEuures de Voiture la lettre CLXXXIII, p. 358.

j'accepte vos louanges, ou que je réponde bien ſagement, que cela vous plaiſt à dire?

Non is ſum quem pingit amor tibi plurimus, aut quem
Neſcio quis vulgi rumor & aura facit.

Je garde ce compliment pour les Hollandois & les Bavarois, qui me diſent des douceurs en proſe & en vers,

ſed non ego credulus illis.

Toutefois, ne dites mot, il s'y en prendra bien d'autres. Demandez ſeulement en l'vniverſité vn Tite-Live de Gronovius, & les odes de Jacobus Balde, imprimées cette année. Vous les lirez, ſans doute, avec plaiſir; & je vous connois mal, ſi vous ne dites, que j'ay trouvé quelque choſe de plus que Paſſerat. Ce qui me fâche en cela, & qui me découvre à plein l'infidélité de tous ces miroirs, c'eſt qu'après avoir leû mon nom preſque en toutes les pages de ſon livre, & de ſi belles choſes de moy en tous les endroits de voſtre lettre; comme je penſe eſtre tout glorifié, ſi je rentre dans ma chambre, j'y trouve vn valet qui ne m'admire point du tout: *Ecce Adam*, dit-il, *factus eſt tanquam vnus ex nobis*. Il a peine à ſupporter mes défauts, je lis ſouvent ma condamnation ſur ſon viſage; je reconnois en luy plus de vertu qu'en ſon maiſtre: ne croyez-vous pas aiſément qu'Epictète valoit mieux que celuy qu'il ſervoit? Mais ſachez que je me ſuis pris à rire, quand j'ay veü que le baſtiment de M. Pépin & ma nonchalance me rendoyent louable auprès de vous. C'eſt dommage que vous n'avez veü auſſi les carroſſes qu'il m'a envoyez, vous me trouveriez bien honneſte homme. Avec cela, je fais aſſez bonne chère ; j'ay vn excellent vin de Moſelle ; j'ay un cheval turc ; je marchande depuis quelques jours vn tableau d'Albert Durer, *per multas elegantium dominorum ſucceſſiones Germaniæ notum*. Il y a toûjours beaucoup de gens devant ma porte ; mais mes laquais ne ſont point dorez : voilà qui gaſte tout. Retranchez la moitié de voſtre éloge ; & ſi vous me voulez faire juſtice, ſupprimez-le tout entier ; car je ne fais point d'effort ſur mon eſprit pour le délivrer de la tentation de voir croiſtre ce baſtiment entre les mains des ouvriers ; je laiſſe faire à Vitruve & à M. Le Muet. Nous ſommes icy aſſez empêchez à conſtruire le temple de la paix, qui eſt bien d'vne autre fabrique ; les architectes ne conviennent pas encore de ſon plan, ni de ſes meſures. C'eſt pour cet édifice que je me paſſionne ; & certes, je voudrois le cimenter de mon ſang, s'il eſtoit beſoin. Que ſi j'eſtois aſſez heureux pour y aſſoir vne ſeule pierre bien à propos, j'en aurois plus de joye que d'avoir baſti Luxembourg, ou le Palais Royal. J'allois finir & commettre la meſme faute que vous, qui avez mis en apoſtille le plus beau ſujet de voſtre lettre. Vous direz, s'il vous plaiſt, à Madame de Montauſier, que j'ay toûjours parfaitement eſtimé Mademoiſelle de Rambouillet, & que j'ay toûjours creû qu'elle ſeroit vnique & ſans pareille, jusqu'à tant qu'elle s'est mise en estat de se faire des semblables; c'est à elle, sans doute, & à Madame la Marquise de Sablé, que je dois de fort bon cœur (moy qui n'ayme point à devoir, comme vous savez, depuis que je payay d'vn rondeau les deux mille francs de M. de La Haye; car, tout de bon, il valoit mille écus entre deux amis; mais je m'engageray encore davantage avec de si honnestes personnes, s'il est besoin); c'est à elles que je suis redevable des graces que j'ay receues de Madame de Longueville. Vous m'obligerez de leur en témoigner ma reconnoissance, & de les avertir confidemment, qu'elles ayent à lui dépescher vn courrier en Hollande, pour la haster vn peu de revenir icy; autrement, je vous jure que toute l'assemblée en fera rumeur, & qu'il n'y a pas vn député qui la veuille perdre de veüe. C'est de ce seul point qu'on est d'accord à Munster. Sans mentir, cela est beau d'avoir forcé toutes les nations, tant de peuples ennemis & tant de religions différentes, à confesser vne mesme chose. Je voudrois vous pouvoir faire la peinture des Espagnols & des Portugais, quand ils rencontrent cette princesse, ou qu'ils viennent au bal; ils sont fort plaisans, & fort incontinens, si leurs yeux ne sont grans menteurs. Adieu, Monsieur, me voilà quitte pour long-temps; & avouez que vous m'en devez de reste.

A.

A Munster, le 29 aoust 1646.

LETTRE III (1).

De Munster, le 6 décembre 1646.

VOSTRE dernière lettre est trop obligeante, pour n'y faire pas réponce plus promptement que de coustume, & il y a trop de beautez pour ne vous pas rendre, au moins, quelque chose qui ne soit pas tout-à-fait désagréable. Et puis comment ne serois-je pas tenté d'entretenir correspondance avec vous, puis que ma manière d'écrire cause vne imposture qui m'est si avantageuse, & qu'on prend Sosias pour Mercure. Je n'eus jamais regret de n'estre pas Aristote, non plus que de ne pas estre ange ; mais quand il est question de vostre génie, & de vostre esprit, *inventum est aliquid quod Avauxius esse, quam quod erat, mallet.* Celuy qui a trouvé tant de

(1) Voicy ce que Voiture escriuoit au comte d'Auaux a propos de cette lettre : « Pour vous dire sincerement ce que j'en pense, vous n'en auez iamais escrit vne si belle, ni qui fist mieux connoistre vostre force · & vous l'avez bien senty quand sur la fin vous me pressez d'auouer, que ie vous en dois de reste. Que ie meure si ie n'ay honte d'y faire response. » Lettre CLXXXVI.

reſſemblance d'vne de mes lettres, qu'il vid entre vos mains, à ces belles pièces qui en partent tous les jours, vous fit vn aſſez mauvais compliment, quoy qu'il vous ait donné ſujet de dire avec beaucoup de grace, que vous me mandiez cela pour me mortifier :

. . . Et ſibi conſul
Ne placeat, curru ſervus portatur eodem

Monſieur de St-Romain s'écria à ce mot (il s'y connoiſt comme vous ſavez, & pour un Allemand, je vous aſſure qu'il a le gouſt délicat). Je voudrois que vous l'euſſiez ouy ſur ce que vous dites de la maiſon d'Opimius, il n'en eſt pas bien d'accord avec vous ni avec Cicéron meſme. Cela eſt hardy ; mais il fonde ſon conſulat ſur le texte : *Si fortuna volet*, & maintient que Publicola n'eût jamais eſté Publicola, s'il n'eût fait abbatre ſa belle maiſon. Vous ſavez l'exclamation que fit cet autre, quand il vid ſon nom dans la liſte des proſcrits. Pour moy je n'attens nul avantage de ce coſté-là, que d'eſtre à couvert du ſoleil, & de la pluye. Et cependant, je vois icy avec plaiſir croiſtre en nos mains ce grand édifice de la paix.

Jam celſæ aſſurgunt turres, jam tecta, minæque
Murorum ingentes, æquandaque machina cœlo

Je vous entretiendrois plus amplement ſur cette matière, & plus ayſément que ſur les ſujets que vous me préſentez ; mais il faut ſuivre voſtre thème & voſtre inclination. Il faut vous demander pourquoi vous m'a-vertiſſez ſi ſoigneuſement d'eſtre ſur mes gardes. Eſt-ce à cauſe de quelques paroles d'eſtime & de reſpect que je vous ay écrites, ſur le ſujet de noſtre princeſſe? *Brachia & vultum tereteſque ſuras*, ſeroit un peu trop dire, *& oſculum ipſum integer laudo*. Tout beau s'il vous plaiſt, *oſculum* eſt le diminutif de *os, oris*, ainſi que *vaſculum, coruilum* & autres ſemblables. Comme vous y allez! Mais vous dites que le commerce eſt dange-reux avec vne perſonne ſi bien faite: comme ſi tant de diſproportion, & les grands eſpaces qu'il y-a de tous coſtés, entre ces perſonnes-là, & nous autres bonnes gens d'vn ſiècle qui eſt paſſé il y-a quarente-ſix ans, ne me mettoyent pas à couvert. Croyez-moi, Monſieur, ma pauvreté nous défend; & vous ſavez que l'éloquence de Balzac ne fait pas d'impreſ-ſion ſur l'eſprit d'vn payſan. Non, non, je n'ay point de peur:

Cantabit vacuus coram latrone viator.

Il ſeroit étrange que dans vne aſſemblée de paix, je n'euſſe pas aſſez de la foy publique pour ma conſer-vation, & qu'avec les paſſeports de l'Empereur, & du Roy d'Eſpagne, Munſter ne fuſt pas vn lieu de ſûreté pour moy. Ayez l'eſprit en repos pour ce regard; je ne cours point de riſque: vn arbriſſeau ne fut jamais frappé de la foudre:

Nec parvi frutices iram meruere Tonantis.

Craignez, vous autres ambitieux, qui voulez brûler du feu du ciel; & que toute la cour tremble, quand Madame de Longueville ſortira d'icy, comme la colombe de l'arche, pour aller annoncer aux hommes, que l'ire de Dieu ſur eux eſt appaiſée. C'eſt alors qu'il faut craindre

> Illius ante oculos mundumque videre jacentem,
> Atque vrbes ruere, atque altos ſubſidere montes.

Altos: voyez vous comme tout ce qui eſt bas & petit, eſt hors de péril. Et, à la vérité, je n'ay pas encore aperceû celuy dont vous me menacez. Je regarde pourtant; je ne m'arrache pas les yeux, *& hos quoque eruditos habemus*. Je voy de la beauté plus que je n'en vis jamais; & ſi ay-je couru quatre royaumes & vn empire. Je voy tout ce qu'on peut voir enſemble de graces, & de charmes; & ce je ne ſay quoy qui n'eſt nulle part ailleurs, ce me ſemble, avec tant de majeſté. *Video igne micantes ſyderibus ſimiles oculos, video oſcula, ſed quæ eſt vidiſſe ſatis*. J'admire avec vous, cette bonté, cette généroſité, & ces aymables qualitéz, que nous louërons toujours à l'envy, & que nous ne louërons jamais aſſez; la juſteſſe de cet eſprit, ſa force & ſon étendue, me donne auſſi de l'étonnement & me fait quelquefois rentrer en moymeſme, avec dépit; car cela eſt tout-à-fait extraordinaire, & trop audeſſus de l'âge & du ſexe. Neantmoins, toutes ces belles choſes ne gaſtent pas mon imagination. Je conſidère Madame de Longueville, comme j'ai fait autrefois le soleil de Suède, qui ne brille & n'éblouit pas moins que celuy de la Guinée, mais qui ne brûle & ne noircit personne; il se contente d'éclairer des rochers, & de la glace, sans les vouloir rompre. Mais supposons que je fusse tout souffre, & tout salpestre, que je fusse enfin d'une matière aussi combustible que vous, qui vous pleignez encore des maux de la jeunesse; à quelle étincelle, je vous prie, pourrois-je prendre feu? Vne personne si précieuse, qui est venüe de deux cents lieuës chercher vn vieil mary; qui a quitté la cour pour la Westphalie; qui est icy dans vne gayeté continuelle; qui fut ravie dernièrement de voir vne comédie chez les Jésuites (mais à la vérité, c'estoit en bon latin); qui donne force audiances; qui s'entretient paisiblement avec M. Salvius, M. Vulteius, M. Lampadius; qui ne s'effraye plus d'vn gros Hollandois, qui la baise réglément deux fois par heure, en toutes les visites qu'il luy fait; qui reçoit agréablement à la fin de novembre, la première civilité d'vn autre ambassadeur qui lui conseille d'apprendre l'allemand, pour se divertir; qui, avec tout cela, prend de l'embompoint à Munster, & a vn visage de satisfaction; qui partage ses heures entre les belles lectures & les audiances; qui avance la paix, autant par ses conseils que par ses prières; qui discouroit encore hier de Reservat, & de l'Autonomie; bref, qui n'a pas seulement en vn haut degré la vertu des femmes; qui en a beaucoup d'autres, *quas sexus habere fortior optaret;* & vous voulez que ſa converſation ſoit dangereuſe? *I nunc, ingratis offerte irriſe periclis, i, cœlum ipſum pete ſtultitia.* Je ſuis marry de vous donner cette nouvelle, à vous autres courtiſans; mais en vérité, l'on paſſe fort bien le temps en vne abſence; l'on ne ſonge point pour tout à votre vilain Paris. Si l'on en écrit autrement à vos bonnes amies, détrompez-les ſur ma parole; & dites à Madame la marquiſe de Montauſier, que l'on rit fort bien icy; qu'on y eſt enjoué, & qu'il n'y a point de jours en toute la ſemaine où l'on s'ennuye, ſi ce n'eſt vn peu le lundy, qui eſt le jour qu'on écrit en France. Nos divertiſſemens ont paſſé meſme juſqu'à ce point de choquer vne trouppe de comédiens qui s'eſtant formez depuis peu dans la maiſon, & n'ayant pas dutout ſi bien réuſſi que Belleroſe, quelqu'vn d'eux jetta l'autre jour vne lettre à la porte de M. Eſprit, par laquelle il ſe pleint de ſes railleries, & y ajouſte des injures & des menaces. Vous pouvez croire que ce bon perſonnage a oublié de ſigner; & ainſi ſon emportement eſt tant plus mépriſé que l'auteur en eſt inconnu, & la cauſe aſſez ridicule. Moquez-vous en donc avec nous, & quand il faudra venir ſur le ſérieux, ne mettez plus Paſſerat, audeſſus de Balde, en matière de poëſie, ni les dépêches du cardinal du Perron, audeſſus de celles du cardinal d'Oſſat, en matieres d'affaires (1). Je ne vous ſaurois pardonner

(1) Voicy le paſſage de Voiture qui auoit donne lieu a ce petit auertiſſement: « Que ne vous contentez-vous, de par Dieu, de faire de belles & bonnes depeſches, comme celles du cardinal d'Oſſat; ou ſi vous

vn ſi grand méconte, ſpécialement en ce qui touche mon métier ; & je vous promets que pour bien conduire vne négociation, & pour la bien écrire, ce dernier eſt ſans comparaiſon plus fort, & ſur la manière duquel j'aymerois mieux me former, que ſur celuy que vous me propoſez pour exemple. Je ne prononce pas ſi ſévèrement ſur l'autre queſtion ; je n'en ſay pas aſſez dans l'hypercritique ; mais je me ſouviens bien que Monſieur Bourbon ne conſidéroit pas tant l'eſprit de Paſſerat, que ſa force, & ſon travail. De vray les ſeuls titres de ſes poëmes où il entaſſe, en beaux termes à la vérité, tout ce que les anciens autheurs ont dit ſur vn ſujet, nous font bien paroiſtre qu'il y a plus d'huile, & de süeur à ſon fait, que d'invention, & d'imaginative. Je ne fais point de doute qu'il ne fuſt plus ſavant que Balde ; mais ſi l'invention, & l'entouſiaſme font principalement le poëte, celuy-cy le ſurpaſſe de beaucoup. Je crois auſſi que vous ne vous eſtes pas donné la peine de le lire ; les vers d'vn Jéſuite ne vous promettent pas des ſujets fort enjouës,

> . juvenum curas & libera vina

Liſez néantmoins, je vous prie, l'ode 16 du livre V ; la 26 du livre VIII ; la 3 & 5 du IX. Je vous diſpenſe de tout le reſte, pourveû que vous ne trouviez pas mau-

auez quelque ambition plus grande, comme celles du cardinal du Perron : ſans vous auſer de ces autres-cy qui nous font enrager? » Lettre CLXXXVI.

vais que j'aye paſſé les yeux deſſus, & qu'il me ſoit permis quelquefois de quitter M. d'Oſſat, *& ad dulces paulum ſecedere Muſas*. Vous pouvez vous aſſurer que la paix n'en ſera pas retardée, & que, tout malheureux que je ſuis, j'ay ſujet de rendre graces à Dieu, comme faiſoit l'Empereur Antonin, de ce que j'ay fait peu de progres en la rhétorique, & en la poëſie, dont les délices m'auroyent, ſans doute, débauché de tout autre employ, ſi je les euſſe bien connuës. Le temps que les autres donnent au jeu & à la chaſſe, j'ay droit, ce me ſemble, de le mettre à lire des vers, ou à vous faire deux fois l'an vn ramas de diverſes pièces, puisque c'eſt le ſeul prix de vos belles lettres, & que mil écus de rente ne valent pas que vous écriviez deux fois de ſuite ſans murmurer. Vrayment j'ay bien ma revanche à cette heure, l'on ſe pleint fort icy de voſtre taciturnité; mais ce ne ſont pas perſonnes d'importance, ce n'eſt que Madame de Longueville, cela ne vaut pas le parler. Tenez bon, & ne luy envoyez ni recommandations, ni lettres; elle vous a fait faire de grans complimens, ſes amis ont eu ordre de ſoliciter voſtre ſouvenir; elle leur a mandé pluſieurs fois qu'ils ne luy laiſſaſſent rien perdre en l'amitié que vous luy avez promiſe; en fin elle vous a fait dire qu'elle n'eſtoit pas à l'épreuve d'vn ſi long mépris; & tout cela demeure ſans retour. C'eſt peut-eſtre, comme vous dites, que le commerce eſt dangereux avec elle, & que vous prenez pour vous-meſme le conſeil que vous me donnez. Mais la pauvre princeſſe ne s'en peut consoler. Comment! dit-elle, Jean de With fait réponse à Konigsmarch, les rochers répondent aux hommes, la parole revient du fond des cavernes, & les bois les plus sourds, quand j'ay jetté mes cris, me les viennent redire. Là-dessus Monsieur son mary alla conter les civilités que l'Archiduc & luy se faisoyent, pendant qu'il commandoit l'armée du Roy en Allemagne; & cela vous fit grand tort, que sert-il d'en mentir? Je ne vous le pardonne pas moy-mesme qui vous ayme, & qui ne haïs pas le silence, comme vous savez. Mais quel moyen de vous défendre en cette occasion! Quand vous seriez devenu tout philosophe & saturnien, & quand vous auriez perdu le sentiment & la vie; tout au moins, ma chère pierre, vous devriez parler, lorsque Madame de Longueville vous regarde, comme faisoit la statue de Memnon, lorsqu'elle étoit éclairée des rayons du soleil. Si vous continuëz, je ne doute point qu'on ne vous fasse icy vostre procès comme à vn muet; donnez-y ordre, si bon vous semble. Tout ce que je pus faire pour vous fut de payer de votre lettre à Monsieur le duc d'Anguien. Madame sa sœur la lut avec grand plaisir; & comme vn quart d'heure après, M. Esprit entra dans la chambre, elle fut fort aise d'avoir pretexte de la revoir, & se leva de sa place, pour approcher du lieu où l'on en faisoit la lecture. Ce n'est pas tout, elle envoya me la demander le lendemain, avec promesse de n'en faire prendre copie que pour elle seule, & pour demeurer parmi ses papiers. Je ne vous diray point l'estime qu'elle en fit, cela paroiſt aſſez par l'hiſtoire de ce qui s'eſt paſſé. Je me contenteray d'avouër, que c'eſt vne des plus belles choſes du monde, de voir cette bouche remplie de vos louanges, & que votre nom n'habite nulle part ſi magnifiquement. *Ipſa equidem cum toto illo ſplendore quo circumfunditur, nunquam tamen ſpecioſius emicat quam cum de te dicere ingreſſa eſt.* Mais ne vous attendez pas que je continüe ſur ce chapitre; il eſt temps de jouër le rabaiſſement de Guillon. O pauvre homme qui ſentez encore : *Unam malarum quas amor curas habet* (1)! O le piteux ſpectacle qu'vn amoureux de cinquante ans, qui noircit ſes cheveux, & ſa barbe, afin qu'une rieuſe lui réponde : *Patri negavi jam tuo!* A peine que je ne vous dis en cet endroit toutes les injures que nos comiques mettent à la bouche d'vne femme qui ſurprend ſon vieillard en débauche : *Vix teneor quin quæ te decent loquar; ſenecta ætate vnguentatus per vias ignave incedis.* Tout de bon cela m'étonne & me choque, pour l'amour de vous. Dix luſtres que vous confeſſez & quelque olympiade qui court, devroyent vous avoir racheté il y a longtemps. *Curæ non ipſa in morte relinquunt.* Souvenez-

(1) « . . . I'ay eſte retenu par vne faſcheuſe affaire, qui m'eſt ſuruenue, & qui me tient en grand ſoin, & en alarme : non pas proprement vne affaire, mais

Vna malarum quas amor curas habet.

Ne vous en mocquez pas, Monſeigneur. Autant vous en pend deuant les yeux » — Voiture, lettre CLXXXVI.

vous, je vous prie, du reproche qu'on fit autrefois à vn honneste homme, *quod esset aliena etiam ætate mulierosus*. Je vous en ay averty il y a plus de vingt ans, quand je vous pressois de prendre vne charge & que vous vous en moquiez. Vous voyez à cette heure que vous aviez besoin d'vn employ qui vous obligeat de passer les nuits à la ruelle de votre propre lit, ou pour le moins de longs & pénibles voyages qui vous fissent envisager vne heure de repos & d'indolence pour vos plus grandes délices : *Otium tibi, catule, molestum est*. Vous pensez échapper à ma censure, en disant qu'il m'en pend autant devant les yeux. Mais ce qui leur est si présent & si admirable, me remplit tout de respect & de vénération ; il n'y a pas place pour d'autres pensées, & il y a long-temps qu'ils sont accoutumez à ne faire passer dans mon cœur, que de l'aggrément pour les beaux objets. S'ils produisent quelque chose de plus dans le vostre, la taupe d'esprit doux est de meilleure condition que vous n'estes. C'est la partie que nous avons à garder, & à conduire plus soigneusement : *Primi in prœliis oculi vincuntur;* & je serois au desespoir, si on me venoit dire, M. Voiture se sert de lunettes, tant il a peur d'affranchir trois jours de vie qui lui restent. Mais il est bien temps de finir cette lettre, & de vous prier, Monsieur, très-sérieusement qu'elle ne sorte point de vos mains. Vous m'avez fait grand plaisir de ne donner aucun extrait de la précédente, il m'importe encore plus que vous en fassiez autant de celle-cy.

LETTRE IV.

De Munster, le 26 juillet 1647.

OUY, Monsieur, vous le saurez; *manantia vita flumina præmoneo* (1), c'est vn avertissement qu'il ayt à éviter les fleuves. Cela est bien clair. Vous aurez veü, sans doute, la dernière ode du huitiesme livre, où il casse son lut de dépit : *Jacuere centum fragmina terris*. Vous savez qu'en l'endroit dont il est question, la muse luy reproche son insolence, & dit, qu'elle ne luy donnera pas vne autre guitarre, *nisi ad Galliæ legatum respexisset*, mais elle la luy preste seulement. Et pour luy faire voir que ce n'est qu'en faveur d'vn tiers, elle prédit qu'il la perdra dans les eaux, *postquam encomia Galli consummant*, c'est ce que vous verrez accomply dans l'ode 28 du livre IX.

Ne vous estonnez pas que je vous envoye si tard

(1) « Ie n'ay iamais pû entendre *manantia vita flumina præmoneo*. Ie croy que c'est en la 3 du IX. Ie l'ay demandé à Monsieur de Bailleul, & a Monsieur d'Emery. Par ma foy ils ne l'entendent pas eux-mesmes. » — Voiture, lettre CLXXXVII

ce commentaire; voicy la première heure de bon temps, que j'ay eue depuis deux mois:

> . . Noſtros Fortuna labores
> Verſat adhuc, caſuſque jubet neſcire futuros

Je ſuis ravy que vous eſtes ſatisfait de la manière dont j'ay fait icy ma cour; votre approbation, en cela, vaut beaucoup. Vous y adjoutez des éloges qui m'embarraſſent, & je vous demande ſérieuſement qu'ils ſoyent bannis pour jamais, *occaluimus pridem ad jſta*, mais ſavez-vous par où je ſuis encore tout tendre & ouvert? C'eſt quand vous me récitez les bontez que Madame de Longueville a pour moy; c'eſt quand vous me parlez d'une Mademoiſelle de Verpillière qui ſe jette à voſtre cou,

> Te tenet, abſentes alios ſuſpirat amores,

d'une Mademoiſelle Louiſe, qui vous fait tant d'amitiez, à la mémoire de Munſter. Tout cela a été receu avec une joye & crédulité merveilleuſe, j'en eſtois meſme perſuadé, avant que d'avoir receu voſtre lettre. Voyez vn peu la confiance d'vn Alleman! Je vous conjure de leur dire: qu'elles ſont toujours préſentes à Munſter & qu'il n'y a que M. de St-Romain, qui n'en eſt pas d'accord, c'eſt pour cela que nous avons eſté broüillez. Sur tout, je vous demande vn grand compliment à Madame, qui ſoit bien ajuſté à ſa raiſon, & à tous mes ſentimens. Quelque bon jmprimeur que vous vous disiez, je vous avertis que j'y perdray; & si j'assemblois moy-mesme les caractères, je ne pourrois pas bien marquer tout ce que j'ay de respect & d'interessement pour elle. Aussi n'est-il pas besoin de mettre tout en lumière,

Pars adaperta fuit, pars altera clausa fenestræ

C'est ainsi que vous parlerez s'il vous plaist, & afin que vous ayez quelque chose à dire : Vossignoria ha da sapere che all'ambasciator di Mantoua, viene imposto con l'ultime lettere, di mettere le cose sue all'ordine, per partirsi alla volta di Parigi, fra tre settimane. Meglio la signora duchessa di Mantoua, altro non brama che l'adempimento del già proposto parentado, la cui conclusione (per quanto ho potuto subodorare) pare si rimetta a quest'inverno, cioè all'esito non solamente della campagna, ma pur della tutela, che finisce per tutto ottobre. E se non vi piacerà prestarmi quella fede, che la mia verace penna merita, chiamerò in testimonio, ed il cielo e la terra. State sano, e certo che non sarà discara così fatta relazione a S. A. Serenissima mia signora padrona colendissima, la signora duchessa di Longavilla, *que Dios guarde*. Supplicatela riverentemente per parte mia, di non far palese a chi esser si voglia, che si riflette al sopra accennato concorso di quei tempi, che termineranno insieme la minorità del principe, e li avvenimenti della campagna.

LETTRES FRANÇOISES DE BALZAC A VOITURE

II

LETTRES DE BALZAC A VOITVRE

LETTRE I.

A Monſieur de Voiture

Monſieur,

BIEN que la moitié de la France nous ſépare l'vn de l'autre, vous eſtes auſſi préſent à mon eſprit que les objets qui touchent mes yeux, & vous avez part à toutes mes penſées & à tous mes ſonges. Les rivières, les campagnes & les villes ont beau s'oppoſer à mon contentement, elles ne ſçauroient m'empeſcher de m'entretenir de vous avec ma mémoire, & de regouſter les bonnes choſes que vous m'avez dites, juſqu'à ce qu'il me ſoit permis de vous aller encore eſcouter. En deuſſiez vous faire le vain, il faut que je vous advouë que je ne conçoy plus rien de grand ni de relevé que des ſemences que vous avez jettées en mon âme, & que voſtre compagnie, qui me fut d'abord très-agréable, m'eſt devenuë entièrement néceſſaire. Vous pouvez donc croire que ce n'eſt pas volontairement que je vous laiſſe ſi long-temps entre les mains de voſtre maiſtreſſe, & que je ſouffre qu'elle jouïſſe de mon bien ſans m'en rendre compte. Tous les momens qu'elle vous oblige de luy donner, ſont autant d'vſurpations qu'elle fait ſur moy; tout ce que vous luy dites à l'oreille, ſont des ſecrets que vous me cachez, & avoir voſtre converſation en mon abſence, c'eſt s'enrichir de mes pertes. Il n'y a point d'apparence pourtant de vouloir mal à vne ſi belle rivale, de ce que vous eſtes tous deux heureux, ni que je faſſe mon affliction de voſtre commun contentement. Pourveu que je trouve à mon arrivée que quatre mois ne m'ont pas effacé de voſtre eſprit, & que l'amour y laiſſe quelque place à l'amitié, j'auray touſjours pour moy le temps qui ſe paſſera à attendre l'heure d'vne aſſignation, & vous viendrez m'aider quelquefois à me conſoler du malheur du ſiècle, & de l'injuſtice des hommes. Cependant au lieu où je ſuis, comme je n'ay que de petites joyes, je n'ay pas auſſi de grands deſplaiſirs : je ſuis éloigné en pareil degré de la desfaveur & de la bonne fortune, & cette déeſſe inconſtante, qui eſt toujours occupée à ruiner les villes & les Eſtats, n'a pas loiſir de venir faire du mal au village. J'y voy des bergères qui ne ſçavent dire que ouy & non, & qui ſont trop groſſières pour eſtre trompées par vn habile homme. Mais pour le moins le fard leur eſt auſſi peu conneu que l'éloquence, & à cauſe que je ſuis leur maiſtre, elles ſouffriroient que je leur monſtraſſe, ſi je voulois, qu'il n'y a pas loin de la puiſſance à la tyrannie. Au lieu des bons mots, & des belles paroles de vos dames il ſort de leur bouche vne haleine pure & innocente, qui ſe meſle parmi leurs baiſers, & leur donne vn gouſt que vous ne trouvez point à ceux de la cour. Je mets tousjours hors de comparaiſon la reyne que vous ſervez, & pour penſer rien qui ſoit à la diminution de ſa gloire, & ne croire pas que vous choiſiſſez mieux que je ne rencontre, je fais trop particulière profeſſion de m'arreſter à voſtre jugement, & d'eſtre,

Monſieur,

Voſtre, &c.

Le vij octobre MDCXXV

LETTRE II.

A Monſieur de Voiture

Monſieur,

SI je ne me repoſois ſur voſtre bonté, je prendrois plus de ſoin à me conſerver en vos bonnes grâces, & il ne partiroit point de courrier d'icy qui ne vous perſecutaſt de quelqu'vne de mes lettres. Mais ſachant que vous n'exigez pas à la rigueur ce qui vous eſt deû, & que vous ne voulez point que je prenne de peine à vous en donner, j'ai creû que je pouvois eſtre négligent ſans vous offenſer, & qu'ayant ſur moy vne puiſſance abſolue, vous en vſeriez avec la modération des bons ſouverains. Encore à préſent je continuerois à ſuivre mon inclination, qui trouve des délices dans la pareſſe, ſi je ne jugeois néceſſaire de vous advertir que je ſuis au monde, afin que vous ne penſiez pas avoir perdu les faveurs & les courtoiſies que vous m'avez faites. J'euſſe bien voulu vous pouvoir aimer toute ma vie, ſans aucune ſorte d'intereſt ni de conſidération temporelle. Neantmoins je ne ſuis pas faſché de donner de l'honneur à mon ami, fourniſſant de matière à ſa vertu. Je conſens que ce ſoit vous qui teniez la partie ſupérieure en noſtre amitié, je veux dire le bien faire; & me contente de la moins noble & de la plus baſſe, qui eſt la reconnoiſſance. Elle eſt en mon âme, Monſieur, telle que vous la pouvez déſirer d'vn homme fort ſenſible & fort obligé. Mais quand il n'y auroit aucune attache de vous à moy, & que ſans ingratitude, je pourrois ne vous pas aimer, je vous ſupplie de croire que la connoiſſance que j'ay de voſtre mérite ne me laiſſeroit point cette liberté, & que le reſpect naturel que nous devons aux choſes qui ſont plus parfaites que les autres m'obligeroit tousjours de vous honorer infiniment, & d'eſtre comme je ſuis de toute mon ame,

Monſieur,

Voſtre, &c.

A Balzac, le xv juillet MDCXXX

LETTRE III.

A Monsieur de Voiture

Monsieur,

VOUS soyez le bien revenu de Flandre, d'Angleterre & d'Espagne. Je ne me resjouïs pas seulement de vostre retour, je me deslasse de vos voyages. Car si vous ne le sçavez pas mon esprit les a faits avec vous, & vous n'avez point passé la mer que je n'aye esté proche du naufrage. Ceux qui sçavent aimer ne blasmeront point la nouveauté de ce compliment. I'ay eu ma part de tous vos accez de fiévre ; j'ay beû de toutes vos médecines ; je vous ay accompagné en toutes vos advantures estranges. C'est donc avec beaucoup de raisons, que je vous remercie de ce que vous mettez mon amitié en repos, & qu'en terminant vos courses vous finissez mes inquietudes. Il vaut mieux, Monsieur, estre personne privée en pays chrestien, où l'on connoist la franchise & la courtoisie, que d'estre ambassadeur chez les Marranes, où l'on ne connoist ni la foy, ni le droit des gens : & ſi les Juifs ont dit que les ſépulchres de Judée eſtoient plus beaux que les palais de Babylone, diſons hardiment que la bouë de Paris eſt meilleure que le marbre de Madrid. Il eſt plus honneſte d'adorer M. le Cardinal, que d'oſter ſeulement le chapeau au preſident Roſe & au Marquis d'Aytone : & ce nous euſt eſté vne nouvelle auſſi honteuſe que funeſte, ſi nous euſſions leû dans les gazettes ces triſtes paroles: *Vn fils de France* ſe trouve au lever du Roy d'Eſpagne,

> . . atque ibi magnus,
> Miranduſque cliens ſedet ad prætoria regis,
> Donec heſperio libeat vigilare tyranno.

Graces à Dieu, la face des choſes eſt changée, & la liberté d'vn grand prince n'a couſté que la vie d'vn bon cheval. Ce ſera à noſtre premiere veuë que vous me conterez toutes vos fortunes paſſées, & je vous porteray en revanche des nouvelles du deſert, que nous deſplierons dans la chambre de Monſieur de Chaudebonne. Mais eſt-il vray qu'il en face encore eſtat, & que je ſois encore en ſes bonnes graces? Pour le moins il eſt bien vray qu'il ne ſçauroit aimer perſonne qui l'honore plus parfaitement que moy, & qui ait vne plus haute opinion de la beauté & de la nobleſſe de ſon ame. Il eſt tousjours vn des chers objets de mon ſouvenir, & je le prens tousjours pour vn de ces parfaits chevaliers, qui ne ſe trouvent plus que dans l'hiſtoire de France. I'aurois grand beſoin d'avoir vn tel exemple devant les yeux, pour exciter la langueur de ce que je ſens en mon devoir, & pour me picquer de l'amour de la vertu. Les moindres de ſes paroles m'eſlevent & m'agrandiſſent l'eſprit: le ſeul ſon de ſa voix m'anime & me fortifie : & je ne doute point que je ne valuſſe plus de la moitié que je ne vaux, ſi je pouvois le voir vne fois le mois, & faire le tiers en vos belles conférences. Mais c'eſt vn bien qui vous eſt preſent & dont je ſuis éloigné, quoyque j'aye deſſein de m'en rapprocher. Vous le poſſedez à voſtre aiſe, & n'en laiſſez aux autres que le deſir & la jalouſie. Ie ſerois jaloux en effet, ſi je ne vous aimois plus que moy-meſme, & ſi vous ayant mille obligations, je ne devois pour le moins les reconnoiſtre par le conſentement que j'apporte à voſtre bonne fortune. Soyez donc heureux, Monſieur, & croyez que je ne m'y oppoſeray jamais, puiſque je prefereray tousjours vos contentemens aux miens, & ſeray toute ma vie

Voſtre, &c.

A Balzac, le iv novembre MDCXXXIV.

LETTRE IV

A Monſieur de Voiture, conſeiller du Roy en ſes cõnſeils, maiſtre d'hoſtel ordinaire de Sa Majeſte.

Monſieur,

JE n'ay garde de vous eſcrire vne lettre : ie ſuis trop religieux obſervateur de noſtre couſtume, & crains trop de donner de la peine à voſtre civilité. Elle vous obligeroit, peut-eſtre, à vne autre lettre ; & ce billet ne vous demande qu'vne marque ſans eſcriture ; que la ſeule impreſſion de voſtre cachet, *ut neſcio quæ agreſtis Muſa tuto adeat noſtrum illum illuſtriſſimum*,

Qui regum ſolet adverſos componere motus,
Qui Gallum atque Aquilam conciliare poteſt,
Et Marti dare vincla, & terris pellere diras,
Et ſanctum optatæ condere pacis opus.

Si vous n'eſtes trés-aſſeuré que je vous aime, que je vous honore, que je vous eſtime infiniment, vous eſtes trés-mal informé de ce qui ſe paſſe dans mon cœur, & voſtre eſprit familier ne vous rend pas fidele compte des choſes que l'on dit à cent lieuës de vous.

Eſto mihi tu Sol teſtis, tu Dia Carenta,
Vos Nymphæ, num me veneres laudare pudicas
Victuri, vrbanoſque ſales, artemque placendi,
Audiſtis, ſolidumque altis in rebus acumen,
Et bona vera animi, cum, me dicente, vel ipſe
Coſtardus ſiluit, facundior ille nepote
Atlantis licet, & Victuri maxima cura,
Coſtardus, &c.

FRAGMENT DE BALZAC SVR LE SONNET D'VRANIE

PARLONS encore des deux ſonnets. Celuy d'Uranie fut trouvé beau dez le jour de ſa naiſſance, & de ce jour-là juſqu'à celuy-ci, il n'y a guères moins de vingt-quatre ans. J'en parle comme ayant eſté la ſage-femme de ce bel enfant, & l'ayant receu en venant au monde. Uranie ne le vit qu'après moy, & tout chaud qu'il eſtoit, immédiatement après ſa production, je le portay au bon-homme Monſieur de Malherbe.

A dire le vray, il en fut ſurpris. Il s'eſtonna qu'vn aventurier (ce ſont ſes propres termes) qui n'avoit point eſté nourri ſous ſa diſcipline, qui n'avoit point pris attache ni ordre de luy, euſt fait ſi grand progrès dans vn païs, dont il diſoit qu'il avoit la clef. Pour moy, je ſuivis ma couſtume, & m'intereſſay avec chaleur, en ce qui regardoit la gloire de mon amy, Je loüay ſon nouveau-né ſans exception & ſans réſerve : il me plût depuis la teſte juſques aux pieds. . . . .

BALZACII EPISTOLAE LATINAE

III

BALZACII EPISTOLAE LATINAE

Ioannes Ludovicus Balzacius Vincenti Victuro

S P D

HISTORIAM rerum mearum, varie nec ab vno auctore conſcriptam, perveniſſe ad vos non miror, præſtantiſſime Victure. Miror tantam, vbi minime decuit, animorum converſionem factam eſſe, vt qui me ferebat in oculis, & ſumma putabat dignum gratia, jam vt fulguritum averſetur, propriique ipſum judicii pœniteat. Hic certe, vt de nullius ſcelere & perfidia queror, ita poſſum multorum ſtudia erga me & officia deſiderare. Sola quippe mihi adeſt conſcientia innoxiæ vitæ, vnuſque & alter, quem non novi, infirmiſſimus defenſor, ſolatia magis litis quam virium auxilia. Nam neceſſariis olim meis vtor, quidem non iniquis, ſpectatoribus, ſed, ne verum diſſimulem, ſpectatoribus tantum, & qui bonæ cauſſæ potius faveant, quam periclitantem amicum juvent. Hoſtis interim ventoſiſſimus, tanquam re bene geſta, quotidiana ovatione accipitur a ſuis, & cum populo placuiſſe ſibi viſus ſit, nonnulloſque collegerit plauſus multitudinis imperitæ, ingenio putat deberi quod maledicentiæ debetur. Lege, ſi tanti eſt, ſuperbas nugas, & importunam hominis loquacitatem propius inſpice; fateberis famam illam, quam ſibi tam malis artibus comparavit, non præmium ſed furtum eſſe, ſcriptaque mea impurius longe accepta ab eo, quam ſemeſas illas dapes a diris & obſcœnis avibus, quæ contactu immundo fœdabant omnia, & nunc quoque apud Maronem menſas diripiunt piiſſimi principis. Sancta fides, & Ius publicum vbinam gentium habitatis? Ea eſt, Victure, adulteræ, vt ſic dicam, manus audacia, vt & ſpuria pro legitimis ſæpius obtrudat, & ſuos plerumque fœtus, aut a me alieniſſimos ſupponat mihi. Ita ruina germanæ & ingenuæ ſcripturæ, optimiſque verbis corruptis & peſſimis ſubſtitutis, mentem meam, etiam dum nondum eam gladiatorio ſtylo aggreditur, jam fraudibus & dolis ſuis profligavit. Adde quot plauſtra convitiorum in me indigniſſime effundat; quot aculeos virulentæ ſcurrilitatis in conjunctiſſimum mihi quemque conjiciat; quot inhoneſtis vocibus, & mutuo a fornice deſumptis, aſpergat nomen & exiſtimationem meam! Hoſtis ſane non erat, quicum in arena deſcenderem,

& plagas a male ſano inflictas, ſocratica patientia concoxiſſem; niſi me viri dignitate & ſapientia præſtantes, ejuſdem ſervandæ exiſtimationis meæ, commonefeciſſent, cenſuiſſentque non ingenioſam quoque ſatyram altius vulgi animum penetrare, quam vt ſolo contemptu crimina dilui poſſent quæ in me confingit. Reſcribo igitur, ne quis ſilentium in conſcientiam vertat, ſed civiliter & more majorum reſcribo. Cumque vellet nonnemo, vt in eum cujus immanitate violatus ſum, aliquanto aſperius inveherer, agam moderate, invita ipſa materia & reclamantibus hominibus, meæque potius naturæ ſerviam, quam alienæ voluptati. Dicam ea, non quæ ille audire debeat, ſed quæ dicere ego debeam, potioremque rationem mei tuendi, quam illius invadendi habebo. Cum autem quæ facimus, ea optimo cuique probata eſſe velimus; magni æſtimo ſcire quid ſentias tu, vir optime & dicendi peritiſſime, cujus enim re integra conſilium exquirere maxime expediebat, ejus incœpta, judicium noſſe, plurimum etiam juvabit. Vale.

———

Ioannes Ludovicus Balzacius Vincentio Victuro

S P D

Semperne historias, Vincens, peccare docentes,
Præ manibus, vetitamque Artem Nasonis habebis?
Solosne idalio natos sub sidere vates,
Vates esse putas, & nominis hujus honorem
Promeritos? soline aras sacrabis Amori?
Vtque tuas jam delicias & gaudia dicam,
Vel potius præsens studium, dignosque labores,
Assiduusne leges ignavi scripta Tibulli,
Nilque voles præter mollem didicisse Petrarcham?
Sat Nemesi, Lauræque datum

Quid enim est, per Deum immortalem, sic enim exclamare liceat, in illo beato, vt vos vocatis, Veneris regno? Quid habet poesis vestra amatoria, leporum, suavitatum? Quid mellis & nectaris etiam habet, quod comparari debeat cum acerbitate & ferocia virgunculæ christianæ, de qua nobis mirabilia narrabat eloquentissimus Godellus? Romano principi, impotente amore illam depereunti; & modo jussa adhibenti, modo preces; modo agenti superbe & regie, modo abjecte & serviliter; modo pollicenti summæ potestatis societatem, modo intentanti vltimum supplicium, ita respondisse credibile est:

Ne tu durum animum molli corrumpere vita,
Illecebrisque aulæ, atque ipsius munere sceptri,
Aut emissarum speres terrore ferarum,
Carnificumque metu: perdis, vanissime, perdis
Blanditiasque, irasque tuas, & quicquid Averno est
Sævitiæque, dolique. Vt tota nil agis arte,
Nil, quas vnus habes, totius viribus orbis?
Audi iterum, firmamque in cladibus aspice mentem,
Non tua me promissa movent, frustraque minaris
Est animus mihi contemptor lucisque, tuique,
Ridet & insanos turbati pectoris æstus.
Regna tuis meliora, audax, per vulnera quæro,
Admotisque puellam imbellem illudere flammis
Et juvat & dulce est, vitamque impendere Christo
Ille habeat nostros, contempto Cæsare, amores

Mihi quidem videtur ita respondisse fortissima puella, & magnanimum suum contemptum opposuisse toti Romano Imperio, secundæ pariter & adversæ fortunæ. Sed priusquam in illa animosa verba erumperet, id nempe ardentissimis votis Deum optimum maximum rogaverat, vt periclitanti pudicitiæ opem ferret; conservaret sibi eum animum, quem dederat ad eam diem; auferret denique a se atque corrumperet, si quid erat pulchritudinis, cujus gratia perverse amabatur. I nunc, Vincens Victure, Iocorum, leporum, elegantiarum pater; & aliquid, si potes, elegantius quære in romanensibus tuis libris, in illis historiis, peccare & insanire docentibus. Vale.

DVNCANI CERISANIIS VERSVS

IV

DVNCANI CERISANTIS VERSVS

Ad Vincentem Victurum (1)

Amice, nil me ſicut antea juvat
Pulvere vel cyprio
Comam nitentem pectere,
Vel quas Britannus texuit ſubtiliter
Mille modis varias
Iactare ventis tænias,
Vel quam perunxit Frangipanes ipſemet (2)
Pelle, manum gracilem
Coram puellis promere,
Vel delibuto roribus jaſmineis
Mungere linteolo

(1) Inter Balzacii litteras, hos reperi verſiculos Ceriſantis, Gothorum legati, Victuro & Balzacio coniunctiſſimi. A R

(2) « Ie ne vous ſçaurois dire, Monſieur, combien j'ay eu de plaiſir de voir l'huile de Iaſmin, les gans de Frangipane, & les rubans d'Angleterre, dans des vers Latins. » Victuri Epiſt CXX

Nares licet non humidas
Hæc me beatum detinebant omnia,
Cum leviter furerem
Iam Corcyrilla, jam Chloe
Nunc militaris me cupido gloriæ,
Ingeniumque ferox,
Acerbus & mentis dolor (1),
Traxere mundi ſub latus, quo candidum
Nec Venus alma pedem,
Nec intulerunt Gratiæ.
Nunc eſt bibendum cum viris pugnacibus,
Quos, niſi te patera
Spumante totum proluas,
Statim frementes videris, nec deſinunt
Iurgia, dum cyathos
Effuſus inceſtet cruor
Nunc eſt bibendum, nunc decet ructu gravi
Tingere cum dapibus
Mixto pavimentum mero

MARCVS DVNCANVS CERISANTES.

(1) « . Expliquez-moy, ie vous ſupplie, ce que veut dire ce *mentis & acerbus dolor*. Ie vous jure, que cela me met en peine » Victuri Epiſt CXX

LETTRE INEDITE DE BALZAC
A M. DU MOULIN

V

LETTRE INEDITE DE BALZAC

A Monſieur du Moulin (1)

Monſieur,

LES nouvelles marques que vous m'aves données de vôtre amitié, me ſont extrêmement chères, & M. Conrart vous peut aſſurer qu'il n'eſt point de perte qui me fuſt plus ſenſible que celle d'un ami de vôtre mérite. Il ſçait à quel point je vous honore, & qu'vn petit mot n'eſt point capable de me faire changer d'inclination (2).

(1) L'edition in-folio de 1665 ne contient que deux lettres a Monſieur du Moulin, celle que je publie icy eſt inedite

(2) M. du Moulin, miniſtre caluiniſte, eſtoit extrêmement attache a ſon party, & M. de Balzac eſtoit catholique ardent; de la naiſſoient des diſputes frequentes, mais qui iamais ne portèrent atteinte à leurs mutuelles & conſtantes ſympathies.

J'ay l'eſprit ſi peu querelleux, qu'il s'eſt fait des livres contre moi, que je n'ay point leus de peur d'eſtre obligé de les réfuter. Pluſieurs ſatires ſont mortes par mon ſilence, que j'euſſe fait vivre par mes réponſes, & je n'ay point déſiré vne victoire qui ne finit point la guerre. Ayant veſcu de cette ſorte avec des ennemis déclarés, & qui me perſécutoient à outrance, je n'aurois garde aujourd'hui, Monſieur, d'eſtre de plus mauvaiſe humeur avec vous, qui me témoignes tant d'affection, & d'ailleurs qui m'aves touché ſi légérement, que je ne m'en appercevois pas, ſi vous ne m'en euſſiez vous meſme averti. Je vous confeſſe franchement qne je ne ſuis point docteur ; auſſi je n'en prens point la qualité, ni ne me meſle de dogmatiſer, & il me ſuffit d'adorer les myſtères, que je laiſſe découvrir à de plus hardis que moi. Ce n'eſt donc point m'offenſer, que de me reprocher l'ignorance de ce que je fais profeſſion de ne pas ſçavoir, & vn particulier ne doit pas recevoir à injure quand on ne l'appelle pas magiſtrat. Je vous ay déjà fait la-deſſus ma déclaration & vous la verres imprimée dans le recueil, que M. Conrart me fera la faveur de vous envoyer. C'eſt mon deſtin (bon ou mauvais, je m'en rapporte à l'opinion d'autrui), mais quoi qu'il en ſoit, c'eſt mon deſtin, de ne pouvoir rien écrire, qui ne ſoit public. Il y a des imprimeurs ſi vigilans, & qui trouvent de mes amis ſi faciles, qu'il m'eſt impoſſible d'avoir de ſecret, & on guette toutes mes paroles pour me les ravir, ſi toſt qu'elles ſont ſorties de ma chambre. Je ne ſçaurois pourtant eſtre fâché de cette dernière impreſſion, puiſqu'elle témoignera de nouveau à toute la France l'eſtime que je fais de votre doctrine, & à vous, Monſieur, le deſir que j'ay de me conſerver vos bonnes graces, avec la qualité

De votre très humble & très affectionné ſerviteur.

BALZAC.

A Balzac, le 20 ſeptembre 1647.

FRAGMENT SUR CHRISTINE DE BOVRBON DVCHESSE DE SAVOYE

VI

FRAGMENT SVR CHRISTINE DE BOVRBON

DVCHESSE DE SAVOYE (1)

. . . CHRISTINE veſquit en l'opinion de tous en toute candeur de pudicité, juſques en l'an 1627, quand elle commença de donner quelque ſoupçon de faire bréche en ſon honneur; de quoy le duc eſtant averty, luy-meſme en donna information au prince ſon fils. . . . Elle s'amouracha d'vn ſien ſerviteur nommé Pomeuſe, & en l'an 1629, elle accoucha d'vne fille, qui maintenant eſt femme du prince Maurice de Savoye, & que l'on croit fille de ce Pomeuſe, lequel fut chaſſé de Piémont, à coups de baſton, en la meſme année. . . .

(1) Chriſtine de Bourbon, deuxieme fille de Henry IV, epouſa en 1619 l'heritier preſomptif du throſne de Sauoye. Tout ce fragment eſt tire des manuſcrits de Conrart Ed in-fol , t XI, p 581

Au mois de juin 1630, Charles-Emanuel mourut à Saviglian. Voilà donc Victor-Amé & Christine sa femme devenus duc & duchesse de Savoye, & en la mort de Charles, vn œil moins sur les actions de Madame, qui alors accoucha d'vn fils nommé François-Hyacinthe. . . . On crut qu'il étoit fils d'vn nommé St-Michel; & il y en a qui disent, que la fille qui est mariée, est aussi fille du dict St-Michel, qui avoit esté son page. Vers le mois d'aoust. . . . Madame. . . . se retira à Cherasco. On dit que là commencérent les amours entre Christine & le comte Philippe d'Aglié. . . . . Cela continua jusques en l'an 1635, que tout fut découvert. . . . . On dit que Madame accoucha d'vne fille, vn peu aprés la mort de son mary, laquelle est nourrie en secret. Et au commencement de l'an 1639, elle estoit grosse d'environ deux mois, & par des injections & d'autres artifices, on empescha que le fruit ne vinst à maturité; mais il en est venu à Madame vne fistule à l'œil dont elle ne guérira jamais. L'an 1640, que Madame estoit en Savoye, elle fut à Grenoble pour voir le Roy son frère, où l'on luy presenta vn barbier, nommé Surville. . . . Il fut deux ans son mignon, le comte Philippe commençoit alors à vieillir. . . . Après lesquels entra en faveur le comte Janna. . . . Il a maintenant plus de vingt mille escus de revenu. . . . mais hors de la qualité de mignon depuis trois ans. Car alors, y entra en sa place vn jeune garçon qui a esté page du comte Philippe. . C'est à ces gens-là ministres

& maquereaux, que va toute la ſubſtance de la couronne de Savoye. . . . Et pour vous parler en général des actions de Madame, je veux dire en deux mots qu'il ne vit aujourd'huy ſur la face de la terre, pas vne femme plus tyrannique, plus débauchée en toutes ſortes de lubricitez, &c. . . .

PIECES CONCERNANT FOUQUET

VII

PIECES CONCERNANT FOVQVET

Lettre de l'abbe de Beslebat a Monsieur Fouquet

J'AY trouué voſtre fait aujourd huy ; je ſçay vne fille belle, & jolie, & de bon lieu, j'eſperre que vous l'aurez pour trois cens piſtolles.

Lettre de Madame Scarron a Monſieur Fouquet

JE hay le peché; mais je hay encorres dauantage la pauureté; j'ay receu vos dix mll écus, ſi vous voulez encorre en apporter dix mille dans deux jours, je verray ce que j'auray à faire, je ne vous deffens pas d'eſperrer.

Lettre d'vne inconnue a Monsieur Fouquet

JUSQUES icy, j'estois si bien persuadée de mes forces, que j'aurois deffié toute la terre, mais j'auoue que la dernière conversation que j'ay euë auec vous, m'a charmée. J'ay trouué dans vostre entretien mille douceurs, à quoy je ne m'estois point attenduë. Enfin si je vous rencontre jamais seul, je ne sçay pas ce qui en arriuera.

MADRIGAL (1)

Il faut pendre Fouquet, j'en demeure d'accord,
Il a trop abuſe, Sire, de vos finances,
Mais, ſi l'on pend tous ceux qui meritent la mort,
Il va bien couſter en potences
Cependant tous les fonds ſont deja deſtinez,
Et quand le charpentier en aura fait l'avance,
Sire, ſi vous ne l'ordonnez,
Colbert ne paſſera jamais cette depence

(1) Ces vers, qui ſont ſans doubte de Benſerade, ſe trouuent meſles a d'autres poeſies de luy, au t. IX, in-fol , des papiers de Conrart.

LETTRES DE MADAME DE MAURE
ET DE MADAME DE MONTAUSIER

VIII

LETTRES DE MADAME DE MAVRE
ET
DE MADAME DE MONTAVSIER

De Madame la marquise de Montausier à Madame la comtesse de Maure

D'Angoulesme, le 12 juillet 1659.

JE vous demande pardon, ma chère sœur, si vostre aventure m'a fait rire huit jours durant ; car de songer qu'après avoir pris toutes vos précautions, vous trouvez Madame de Vilars au premier pas que vous faites dans le monde, & en suite cette affaire-cy ; cela montre que la sagesse humaine est souvent confonduë par la fortune. Mais tout de bon, je suis ravie que cette entreveuë se soit faite, & de si bonne grace. Je croy que cela estoit nécessaire. M. de Montausier & moy avons trouvé vostre lettre comme toutes celles que vous avez accouſtumé d'écrire, je vous aſſeure que perſonne ne l'a veuë que nous. Si j'avois eu un moment de repos, je me ſerois bien donné l'honneur de vous écrire plus-toſt, mais ſix jours après eſtre arrivée icy, où nous avons eû toute la province à recevoir, nous ſommes retournez voir M. le Cardinal, qui a paſſé à cinq lieuës d'icy. Il a falu aſſembler toute la nobleſſe, pour ſa réception, & ſe tourmenter furieuſement par le plus grand chaud du monde; de ſorte que je croy, auſſi bien que Mademoiſelle de Vandy, que je ſuis bien plus forte que je ne penſe; car je me porte fort bien de tout ce tracas. Je ne vous pourray apprendre apparemment, que les nouvelles que vous ſavez déjà, que Dom Louis ſera le 25 à Irun; que M. le Cardinal & luy ſe verront dans vn couvent de Minimes, qui eſt entre ce lieu-là, & St-Jean-de-Lus, mais pourtant ſur les terres de France; que les nièces demeureront à la Rochelle; & que Mademoiſelle Marie eſt auſſi triſte, pour le moins, que le Roy. Adieu, ma chère ſœur, donnez-moy, je vous ſupplie, quelquefois de vos nouvelles, & me croyez avec toute la paſſion imaginable,

Voſtre très humble & très obéiſſante ſervante.

IVLIE DANGENNES

M. de Montauſier & ma fille vous aſſurent de leurs obeiſſances. Nous vous demandons tous, de faire nos compliments à M. le Comte de Maure, s'il eſt à Paris.

De Madame la comteſſe de Maure à Monſieur de Lyonne

Du novembre 1659

Monſieur,

JE me trouvois déjà aſſez obligée à vous rendre graces de toute la peine que nous vous avons donnée ma nièce & moy; mais les ſentimens que vous avez eu la bonté de me témoigner, ſur le peu de ſuccès qu'a eu noſtre affaire, me donnent vn nouveau ſujet de vous faire de très humbles remercimens. En vérité, Monſieur, je ſuis ſi perſuadée qu'on ne peut avoir l'âme noble comme vous l'avez, & n'eſtre pas vn peu touché du malheur que nous avons eu dans vne cauſe ſi juſte, qu'encore que nous n'ayons jamais eu le bonheur, ni ma nièce, ni moy, de vous rendre aucun ſervice, je n'ay nulle peine à croire que vous avez tous les ſentimens que vous me faites la grace de me témoigner. Mais pour cette faute que vous me marquez encore d'avoir parlé trop tard, vous voulez bien que je vous die, que je n'y ſaurois avoir de regret, ne me pouvant perſuader que j'aye à me prendre à autre choſe qu'à la malignité de mon étoile, qu'il a falu qui ait ſurmonté la bonne volonté de M. le Chancelier & vos ſoins, auſſi bien que la bonne cauſe. Je croy certainement que ſi mon intereſt ne ſe fût pas trouvé joint à celuy de ma niéce elle auroit eſté plus heureuſe. Mais cette meſme étoile m'ayant fait en ma vie des maux incomparablement plus grans que celuy-là, je ne m'en veux pas plaindre davantage, & je puis dire, que ce qui ne touche que l'intereſt, ne me demeure pas long-temps ſur le cœur. Je ne ſay pourtant, ſi je ne fais point vne faute de parler de cela comme d'vne choſe tout-à-fait perduë, voyant que M. le Chancelier veut que nous eſpérions encore, & que vous avez auſſi la bonté de m'y exhorter. J'ay aſſurément, Monſieur, toute la confiance que je dois avoir en ſes paroles, & aux voſtres ; mais il avoit déjà falu que je fiſſe quelque effort ſur mon naturel, pour pouvoir eſpérer, & l'on n'eſt pas, ce me ſemble, à cette heure, en ſi forts termes à beaucoup près, que l'on eſtoit. Je ne laiſſe pas de ſouhaiter paſſionnément que cela paſſe encore par vos mains ; & ſi je pouvois, cependant, avoir le bonheur de me faire vn peu connoiſtre à vous, j'eſpérerois de pouvoir ajouter quelque choſe aux bonnes diſpoſitions qui vous ont fait agir ſi ciuilement, puiſque vous verriez que j'ay vne âme fort capable de reconnoiſſance, & que j'ay le plus grand deſir du monde de rencontrer les occaſions de vous témoigner combien je ſuis,

Monſieur,

Voſtre, &c.

M. le Comte de Maure, Monſieur, prend la part qu'il doit à l'obligation que nous vous avons, ma nièce & moy, il vous ſupplie de le croire voſtre très humble ſerviteur, & encore que ma nièce ne ſorte guère plus qu'vne religieuſe, je vous la méneray auſſitoſt que vous ſerez icy. Elle vous ſupplie, cependant, de croire qu'elle a le meſme reſſentiment que moy, & qu'elle eſt voſtre très humble ſervante.

De Madame la comtesse de Maure à Madame la marquise de Montausier

Du 3 décembre 1659 (1)

QUELQUE plaisir que j'aye toûjours à recevoir de vos lettres, je n'aurois pas eu tant de peine à m'en passer à cette heure, qu'en vn autre temps, puis-que vous estes de retour pour moy, depuis cinq ou six jours, par le moyen d'Alcidalis, qui m'est apparu, lorsque j'y songeois le moins. J'en avois eû de fort mauvaises nouvelles, ayant sceû la conjuration que vous aviez faite contre luy ; & enfin, c'a esté pour moy vne vraye résurrection. Mais pensez-vous qu'on vous puisse pardonner d'avoir voulu priver le monde d'vn si grand plaisir? Je ne vois pas que vous puissiez réparer cela, qu'en vous résolvant à le luy donner tout entier. Ce seroit vn terrible dommage qu'vne si belle chose demeurast imparfaite, & l'on sait bien que qui a pû l'inventer, peut l'achever en se jouant. En vérité vous devriez donner ce divertissement aux autres, en vous le donnant à vous-

(1) Cette lettre donneroit à penser que non seulement le fond de l'histoire d'Alcidalis, mais aussy la forme appartient à Iulie Dangennes & non plus à Voiture. A. R.

meſme pendant le ſéjour que vous faites hors de Paris; & ſi vous n'entendez pas auſſi bien la guerre que fait Mademoiſelle de Scudéry, vous avez auprès de vous vn aſſez bon ſecours pour les combats par mer & par terre (car nous ne devons pas douter qu'Alcidalis n'en ait fait pluſieurs, outre ceux que nous voyons qu'il a déjà faits); de ſorte que ſi le monde m'en veut croire, on ne prendra aucune excuſe en payement là-deſſus. Sachez, au reſte, que je n'ay pas eû beſoin du ſecours de l'auteur pour vous reconnoiſtre; je vous ay tout auſſi-toſt reconnue à ces graces ſecrettes qui vous ont fait eſtre l'inclination de tout le monde; à ce charme & à ce ſon de voix; car pour les autres louanges, encore qu'on ſache aſſez qu'elles vous appartiennent très-bien, elles pourroyent auſſi ſe trouver propres à quelques autres qu'à vous; mais pour celles-cy, elles vous ſont, à mon gré, ſi particuliéres, que je ne voy pas qu'on puſt jamais prendre Zélide pour vne autre que pour vous.

La comtesse de Maure à Madame de Montausier, sur sa nomination.

VRAYMENT, ma chère sœur, il faut bien que je sois des premières à vous écrire, dans vne occasion, où il seroit difficile de pouvoir retenir sa joye. On estoit si peu accoustumé à voir les charges données selon le mérite, qu'encore que j'aye toûjours fait de grandes exclamations qu'on pust penser à d'autres, ayant vne Madame de Montausier devant les yeux, je ne laysse pas de regarder cecy comme vn événement qui a quelque chose d'extraordinaire ; & de la façon que j'ay toûjours parlé la-dessus, je m'attens bien qu'on viendra se réjoüir à l'hostel de Troyes, aussi bien qu'à l'hostel de Ramboüillet. Il faut au reste que je vous die, que Mademoiselle de Montausier a tant d'esprit, que l'autre jour que je l'entendis parler entre Madame vostre mère & moy, je songeai toûjours que je n'avois rien veû de tel à son âge. Je ne vous dis rien de Monsieur le comte de Maure, il veut vous faire ses compliments luy-mesme ; mais vous voulez bien que je fasse icy les miens à Monsieur vostre mary, non-seulement de la joye qu'il a de vous voir traittée de la cour comme vous méritez de l'eſtre, mais encore ſur ce que ſon mal a ſi peu duré. Adieu, ma chère ſœur, conſervez-vous bien dans le retour de voſtre ſanté, afin qu'elle revienne bien toſt auſſi bonne que je vous la ſouhaite. Madame de Choiſy a eû raiſon de vous dire que les peſches & les melons, avec les verres d'eau, ont rendu la mienne fort bonne; mais j'ay ſi peur que cela ne dure guère, que je ne m'en oſe encore vanter.

Lettre de Madame de Montausier à Madame la comtesse de Maure. Elle repond au compliment que Madame la comtesse de Maure lui avoit fait sur ce que le Roy l'a choisie pour estre gouvernante de ses enfants (1)

De Fontainebleau, 30 *septembre* 1661

VRAYMENT je m'en fie bien en vous, & en Monsieur le comte de Maure, pour faire valoir vos amis en de telles occasions ; & je vous asseure, ma chère sœur, que s'il estoit vray que mon mérite m'eust attiré quelque bonne fortune, j'en aurois vne double joye, pour vostre interest à tous deux ; car on pourroit esperer de vous voir vn jour les plus grands seigneurs du monde. Je ne saurois dire tout ce que je sens pour les bontez que vous me faites l'honneur de me témoigner l'vn & l'autre, & quoy que j'attende le frisson, car ma fièvre s'est avisée de se mettre en tierce depuis huit jours, je ne puis m'empescher de vous donner cette petite marque de ma reconnoissance en commun. Monsieur de Montausier vous auroit remerciée, en son particulier,

(1) Je donne cette indication ainsi qu'elle est écrite dans les papiers de Conrart. A. R.

& Monſieur voſtre mary, s'il n'eſtoit pour le moins auſſi languiſſant que moy. Nous vous aſſeurons de nos obeiſſances.

Ivlie DANGENNES

Comme je faiſois écrire cette lettre, j'ay receu voſtre ſeconde, dont je ne vous ſaurois aſſez rendre graces, non plus que du billet que vous m'avez envoyé de Monſieur le duc de Mortemar; car il m'a tout-à-fait pleû. Je vous conjure ma bonne de l'en vouloir remercier en mon nom. L'imagination de Madame d'Aumont eſt admirable; jamais perſonne n'a penſé les choſes ſi juſte que vous. J'ayme bien mieux ma fille depuis que vous m'avez mandé, que vous l'aviez trouvée à voſtre gré.

Adieu, je vous embraſſe de tout mon cœur.

Lettre de Madame la comteſſe de Maure a Madame la marquiſe de Montauſier, ſur la naiſſance de Monſieur le Dauphin

3 *novembre* 1661

PARCE que j'ay la réputation d'eſtre vne écriveuſe, encore que je n'écrive plus volontiers comme autrefois, vous ne trouveriez pas bon que je remiſſe à Monſieur le comte de Maure, les compliments que l'on vous doit ſur la naiſſance de Mgr le Dauphin. Je vous diray donc, ma chère ſœur, qu'il me ſemble que je m'y interreſſe encore vn peu plus par voſtre intereſt que par celui d'vne bonne françoiſe; quoy qu'il ſoit vray que je fais fort bien mon devoir la-deſſus, ſans prétendre pourtant d'aller auſſi avant que Monſieur le comte de Maure. Je ne ſay ſi vous ſavez que nous lui diſions autrefois, Madame la marquiſe de Sablé & moy en de certaines occaſions : Vous voila-t-il pas avec voſtre gauloiſerie ? Mais dans la vérité cette gauloiſerie-là luy a donné vne joye extraordinaire. Cependant il a eſté frondeur & nous n'avons point eſté frondeuſes. Cela rappelle qu'on ne peut faire ſa deſtinée. Mais parce que vous n'avez point tant de loiſirs qu'autrefois de lire des ſornettes, je veux finir tout court, en vous aſſurant, ma chère ſœur, que Madame voſtre mère n'aura guère plus de joye que moy quand vous reviendrez à Paris.

LETTRE DE MADAME DE CHOISY
A MADAME LA COMTESSE DE MAURE

IX

LETTRE DE MADAME DE CHOISY
A MADAME LA COMTESSE DE MAVRE

Du . décembre 1655

A l'exemple de l'amiral de Chaſtillon, je ne me décourage pas dans la mauvaiſe fortune. J'ay ſenty avec douleur la légereté de Madame la Marquiſe, laquelle, perſuadée par les Janſéniſtes, m'a oſté l'amitié que les Carmélites m'avoyent procurée auprès d'elle. Je vous prie, Madame, de luy dire, de ma part, que je luy conſeille en amie de ne s'engager pas à dire, qu'elle ne m'ayme plus, parce que je ſuis aſſurée que dans dix jours que je ſuis obligée d'aller loger à Luxembourg, je la ferois tourner caſaque en ma faveur. Entrons en matière. Elle trouve donc mauvais que j'aye prononcé vne ſentence de rigueur contre Monſieur Arnaud; qu'elle quitte ſa paſſion, comme je fays la mienne, & voyons s'il eſt juſte, qu'vn particulier, ſans ordre du Roy, ſans bref du Pape, ſans caractère d'éveſque, ni de curé, ſe meſle d'eſcrire inceſſamment, pour réformer la religion, & exciter, par ce procédé-là, des embarras dans les eſprits, qui ne font autre effet, que celuy de faire des libertins & des impies. J'en parle comme ſavante, voyant combien les courtiſans & les mondains ſont détraqués, depuis ces propoſitions de la grâce, diſant à tous momens : Hé! qu'importe-t-il comme l'on fait, puiſque ſi nous avons la grâce, nous ſerons ſauvés, & ſi nous ne l'avons point, nous ſerons perdus. Et puis, ils concluent par dire : Tout cela ſont fariboles. Voyez comme ils s'étranglent trétous. Les vns ſoutiennent vne choſe, les autres vne autre. Avant toutes ces queſtions-cy, quand Paſques arrivoyent, ils étoyent étonnés comme des fondeurs de cloches, ne ſachant où ſe fourrer & ayant de grands ſcrupules. Préſentement, ils ſont gaillars, & ne ſongent plus à ſe confeſſer, diſant : Ce qui eſt écrit eſt écrit. Voilà ce que les Janſéniſtes ont opéré à l'égard des mondains. Pour les véritables chrétiens, il n'eſtoit pas beſoin qu'ils écriviſſent tant pour les inſtruire, chacun ſachant fort bien ce qu'il faut faire pour vivre ſelon la loy. Que Meſſieurs les Janſéniſtes, au lieu de remuer des queſtions délicates, & qu'il ne faut point communiquer au peuple, preſchent par leur exemple; j'auray pour eux vn reſpect tout extraordinaire, les conſidérant comme des gens de bien, dont la vie eſt admirable, qui ont de l'eſprit comme les anges, &

que j'honorerois parfaitement, s'ils n'avoient point la vanité de vouloir introduire des nouveautez dans l'Eglise. Je croy fermement que si Monsieur d'Andilly savoit que j'eusse l'audace de n'approuver pas les Jansénistes, il me donneroit vn beau soufflet, au lieu de tant d'ambrassades amoureuses qu'il m'a données autrefois. Je ne vous écris point de ma main, parce que je prens des eaux de Ste-Reyne, qui me donnent vn froid si épouventable, que je ne puis mettre le nez hors du lit. Mais, Madame, la colère de Madame la Marquise ira-t-elle, à vostre avis, à me refuser la recepte de la salade? Si elle le fait, ce sera vne grande inhumanité, dont elle sera punie en ce monde, & en l'autre. Je ne say, si à la fin, les eaux de Ste-Reyne esteindront ce Montgibel que j'ay dans les entrailles; mais jusques icy, elles ne m'ont pas encore fait grand effet. J'espère que je pourray aller à Luxembourg devant Noel; & regardez quelle inclination j'ay pour vous; je sens visiblement que j'en seray bien-ayse, pour estre plus tost vostre voisine, que je n'eusse esté. Les nouvelles de Pologne sont toûjours mauvaises. Je vous envoye la lettre que Desnoyers m'écrit. Je ne say s'ils veulent, que l'on sache le détail de leurs affaires; c'est pourquoy ne me nommez point, renvoyez moy la lettre, & me croyez vostre très humble & très passionnée servante.

—

LETTRE DE MADAME L'ABBESSE DE MALNOUÉ A MADEMOISELLE DE GOESLO

X

LETTRE DE MADAME L'ABBESSE DE MALNOVE A MADEMOISELLE DE GOESLO (1)

QUELQUE répugnance que j'aye, ma chère tante, de répondre à vne queſtion qui me paroiſt auſſi difficile, & auſſi inutile qu'eſt celle dont vous me demandez mon ſentiment ; je vous dois trop de complaiſance, & je vous la rens avec trop de plaiſir, pour perdre vne ſeule occaſion de le faire ; mais je vous diray franchement, que tout ce que vous me dites pour ſoutenir, & pour défendre voſtre opinion, me perſuade bien que vous avez beaucoup plus d'eſprit que moy ; mais vous ne me perſuadez pas que vous ayez pris le meilleur party, & je ſuis toûjours de mon premier avis, que s'il dépendoit de nous de ſavoir le paſſé, ou l'avenir, on gagneroit

(1) Eleonore de Rohan.

beaucoup plus à ſavoir le dernier, que le premier. Il me ſemble que la connoiſſance de l'avenir eſt bien plus vaſte, & qu'elle renferme beaucoup plus de choſes que celle du paſſé; car il n'y-a rien dans l'avenir qui puiſſe eſtre connu ſans révélation; & dans les choſes du paſſé, les plus conſidérables ſont connuës, ſans qu'il ſoit beſoin qu'elles nous ſoient révélées pour les ſavoir; ainſi, l'avantage eſt beaucoup moins conſidérable. Pour ce qui eſt de la Religion, on doit ce reſpect-là à Dieu, de n'en vouloir ſavoir que ce que la foy nous en apprend, toute curioſité de ce coſté-là eſt criminelle. Il faut croire, & ſe ſoumettre, & rien davantage. Adam, comme vous le ſavez, ſe laiſſa tenter à la curioſité; il ne faudroit pas en faire autant, & il eſt bon de s'en tenir à ce qui ſe peut, pour demeurer dans les termes de ce qui ſe doit. Auſſi ne faut-il regarder la queſtion dont il s'agit, que comme vn ſimple jeu d'eſprit, qui ſert à divertir au préſent, ſans pénétrer rien ni dans le paſſé, ni dans l'avenir. Je conviens avec vous qu'il n'y-a point de curioſité plus raiſonnable que celle que l'on a ſur nos amis(1), & ſurtout, de ce qui ſe paſſe dans leur cœur; mais je ne puis demeurer d'accord qu'on trouve plus de plaiſir, & d'vtilité à connoiſtre ce qui s'y eſt paſſé, que ce qui s'y paſſera. Qu'importe que mon âme ayt eſté fidèle à tout ce qu'elle a aymé, ſi elle devient vn jour infidèle pour moy? Je ſay bien que cette connoiſſance

(1) Variante *ſes amis*

du paſſé peut donner vne grande eſpérance de l'avenir ; mais l'eſpérance eſt toûjours incertaine, & l'incertitude toûjours cruëlle, dans les choſes que l'on ſouhaitte ardamment. Perſonne, cependant, ne peut douter que l'avenir ne ſoit incertain ; car on a veu dans tous les ſiècles & dans toutes les choſes du monde, des changements ſurprenans, dont l'amitié n'a pas eſté exempte, & qui ne ſeroyent jamais arrivés, ſi l'on avoit ſeû l'avenir. Je connois au contraire des perſonnes qui ont eſté inconſtantes, qui ſe ſont corrigées, & qui ſont devenues fidèles ; de ſorte que ſi l'on euſt jugé en de certains temps, de l'avenir par le paſſé, on leur auroit fait vn très-grand tort. Pour moy je croirois que ce ſeroit vn ſupplice de ſavoir tout le paſſé, ſans ſavoir rien de l'avenir, & j'aymerois preſque mieux ne ſavoir rien du tout ; car dans ce paſſé qu'on ſauroit, on verroit tant d'incertitude dans le cœur des gens, tant d'artifice, tant de froideur, & ſi peu de ſincérité & de véritable vertu, que l'on ſeroit miſérable toute ſa vie, n'ayant nul lieu d'eſpérer mieux de l'avenir. Vous me direz, peut-eſtre, qu'en cet avenir on n'y trouveroit pas mieux ſon compte, mais ſi cela eſt ainſi, l'avenir ſervira du moins à nous détromper de tout ce que le paſſé ne ſauroit nous apprendre, puiſqu'il ne peut que nous troubler & nous affliger, ſans nous guérir, en nous laiſſant toujours dans l'incertitude, ſi ceux qui ont tort aujourd'huy ne ſe repentiront pas demain. Si on euſt jugé de Néron par ſes premiers ſentiments, & par les premières années de ſon règne, on l'euſt adoré, & ſi on en euſt preveu la ſuite, on euſt déſiré qu'il euſt eſté étouffé au berceau comme vn monſtre. Pour la juſtice que vous voulez rendre à vn mérite que le paſſé vous a fait connoiſtre, je ſuis encore de voſtre ſentiment, qu'il n'y a rien plus doux, quand on y eſt ſenſible, que de faire voir qu'on le connoiſt, & à quel point on l'eſtime; mais il n'y-a que la perſéverance dans la vertu, qui rende vrayement digne d'vne éternelle louange, puiſque l'on ne peut pas meſme dire, ſelon les ſentiments d'un ancien philoſophe, qu'vne perſonne ayt jamais eſté véritablement vertuëuſe, lorſqu'elle peut ceſſer de l'eſtre. Ce ſont les principes de nos mouvements qui donnent à nos actions le nom de vice, ou de vertu, & il faudroit voir ces principes dans leur ſource, pour pouvoir porter vn jugement équitable du mérite ou du démérite de nos actions; mais comme on n'en peut juger tout-à-fait certainement, ſur le paſſé, il faudroit pour s'en aſſurer, connoiſtre dans l'avenir ſi cette ſource ne ſe gaſtera pas; car on void ſouvent des perſonnes qui après s'eſtre attiré l'admiration de tout le monde, durant quelque temps, ſe rendent en fin, dignes de toutes ſortes de mépris. Ce n'eſt pas que je veuille dire qu'il ne faille point eſtimer ce qui paroiſt eſtimable; car puiſque nous ne connoiſſons point le futur, nous ne ſavons point ſi ces perſonnes-là ſe démentiront, & il faut, en attendant, rendre juſtice à leurs bonnes actions, & en faveur du paſſé, bien juger de l'avenir; car autrement on ſe mettroit en danger de faire tort à ceux qui ont vn véritable mérite, & il vaudroit mieux, à mon avis, faire grâce à pluſieurs perſonnes dont le mérite n'eſt qu'apparent, *en jugeant bien d'elles*, que de faire injuſtice à vne ſeule perſonne dont le mérite eſt véritable. Toute voſtre prudence, ce me ſemble, ne doit eſtre employée que pour pourvoir à l'avenir, & toute l'expérience que le paſſé nous a donnée ne nous eſt vtile qu'à bien vſer du préſent, & à devenir plus ſages; car n'eſt-il pas vray que quand je ſaurois qu'on m'a trompée, ce me ſeroit vne douleur preſque inutile; au lieu que ſi je ſay quand on me doit tromper, je puis m'y préparer, & m'empeſcher de l'eſtre. Je ſay bien que la connoiſſance de l'avenir peut avoir des choſes très fâcheuſes, & meſme pour l'amitié, parce que ſi mon amie doit eſtre fidèle dix ans, & inconſtante après ce temps-là, la connoiſſance de l'avenir me prive du plaiſir que j'aurois eû juſqu'au temps que ſon infidélité m'auroit eſté connuë; mais, à moins que d'aymer à eſtre trompée, on ne peut point déſirer ce plaiſir-là, & je voudrois perdre dès aujourd'huy toutes les amies que je dois perdre vn jour par leur inconſtance; ce proverbe ſi commun & ſi véritable, que la fin couronne l'œuvre, eſt vne preuve qu'il ne faut, ſurtout, juger de l'amitié que par ſa durée; qui n'ayme pas juſqu'à la mort, n'eſt pas digne d'eſtre aymé vn ſeul jour. Il y a vne connoiſſance que je voudrois excepter de l'avenir, c'eſt la mort des perſonnes que j'ayme, dont je ne voudrois pas ſavoir le terme ; mais pour l'étendué de leur amitié, je la voudrois connoiſtre dans l'avenir, ſans comparaiſon mieux que dans le paſſé, puiſque c'eſt cela ſeul qui en fait le prix, & le mérite, de ſorte qu'eſtant bien aſſurée que vous verrez dans mon cœur vne ſuite éternelle d'amitié & de tendreſſe pour vous, j'ay quelque regret que vous ne puiſſiez du moins choiſir le party de déſirer de voir que vous ſerez également aymée de moy dans tous les temps. Il faut que je vous diſe encore, ma chère tante, qu'aprés avoir bien ſongé au paſſé, & à l'avenir, je croirois plus agréable & plus vtile de ſavoir parfaitement le préſent, parce que cela me ſerviroit fort à connoiſtre ces deux autres temps, dont celuy-là fait la liaiſon ; car enfin, plus je les conſidère en eux-meſmes, plus leurs ténèbres rebuttent mon eſprit, & ma curioſité, mais quand j'aurois la meilleure cauſe & la plus ayſée à ſoutenir, je ne voudrois jamais que ce fuſt contre vous. Ce ſeroit tout ce que je pourrois obtenir de moy, que de diſputer avec vous la vérité ; mais jamais pour emporter la gloire de la diſpute. Je cède volontiers à voſtre eſprit ; mais, pour mon cœur, vous trouverez bon qu'il ne cède pas au voſtre, & que je le mette coſte-à-coſte, & but-à-but. Je deſirerois paſſionnément que vous puiſſiez voir dans le mien le paſſé, le préſent, & l'avenir, à voſtre égard. Si cela eſtoit, je défierois tout le monde de me pouvoir jamais nuire dans le voſtre.

LETTRE DE MADAME CORNUEL
A MADAME LA COMTESSE DE MAURE

XI

LETTRE DE MADAME CORNVEL
A MADAME LA COMTESSE DE MAVRE

Le 23 octobre 1659.

NOUS avons veû le marquis de Sourdis céans; ſi M. le comte de Maure ſe récrie du portrait que j'en fis il y a quinze jours, ce n'eſt rien de le peindre de mémoire, il en faut faire vn ſur l'original. Vous ſavez, Madame, qu'il n'y avoit pas trois ſemaines qu'il eſtoit party de Paris, dimanche, qu'il arriva céans le matin. Il a donc veû quatre de ſes maiſons; Amboiſe, Tours, des religieuſes proches de Tours; affermé & rehauſſé des terres; vendu des hauts bois; gagné (cela entre nous) cent mille francs ſur le marché avec le Roy; mais, s'il vous plaiſt, n'en dites rien. Il a baſty en deux maiſons; abbattu à Amboiſe; ordonné des levées de la rivière de Loire; avancé pour cela ſon argent; fait ſa proviſion de vin, de bougie...... Vous croyez donc, Madame, qu'à tout cela, & n'eſtre que deux jours en chaque lieu, il n'a pas eû de temps de reſte? Excuſez; il a fait vn roman, vers, proſe, aventure. Je vous ay ſouhaitée à la lecture qu'il en fit faire à mon cadet; car rien n'eſt pareil à vn homme âgé, qu'il décrit... (1) dont toute la contrée eſt dépendante, par la conſidération de ſon âge, & de ſes richeſſes. Sa femme eſt morte d'vne maladie incurable, & dès ſon vivant chacun ſongeoit à l'épouſer. Il le fait amoureux d'vne perſonne qui ſe marie en diligence, ſans qu'il en ſache rien. Cela eſt plaiſant à nous, qui ſavons l'hiſtoire de Madame Le Coigneux. Mais luy ſe remarie à vne perſonne repréſentée comme vous, ou Madame de Ramboüillet, par les prières de toute la contrée; car ce n'eſt qu'vn célèbre berger. Ce n'eſt qu'vne de dix ou douze hiſtoires de ce roman. De la meſme plume, il prend vn autre portefeuille, & a écrit meſme vn traitté de la Grace, vn de la Médecine, & quelque autre de la Phyſique. Dans le carroſſe il fait des deviſes avec Dom André, leſquelles mon ignorance ne connut que pour emblêmes très-chétives, je m'enhardis de luy dire; il en convint, mais diſant qu'elles eſtoyent meilleures ainſi, qu'autrement, pour mettre ſur des cheminées. Vous ne vous eſtonnez pas, s'il ne m'a pas demandé comme je me portois, ni dit vn

(1) Icy eſt vn mot illiſible

mot ſur ma maladie, en ſorte quelconque. M. l'Eveſque d'Orléans & M. d'Entragues diſnèrent céans, comme luy. Il arriva trois heures avant eux, & coucha céans deux nuits; les deux autres n'y firent que diſner. Ce fut pour traitter du raccommodement avec Monſieur, que je ne voy pas ſi ayſé, à cauſe des gens qui l'approchent, qui ont des veûës d'en éloigner le marquis de Sourdis, pour profiter de quelques-vnes de ſes dépoüilles. Mais il vivra long-temps, quoyque je l'aye trouvé auſſi changé qu'il m'a pû trouver changée, s'il y a regardé; mais il y a lieu d'en douter, ne m'en ayant pas dit vn mot. Dom André m'en voulut parler, il coupa le diſcours, pour dire, comme vous ſavez, ce qu'il avoit dans ſa teſte. Vous le connoiſſez aſſez bien; & ne vous étonnez donc plus, ni moy auſſi, s'il ne vous a jamais parlé de voſtre raccommodement avec M. le Cardinal, & de tout ce qui s'en eſt enſuivy, car, à la quantité de choſes qui luy paſſent dans la teſte, rien ne peut y demeurer aſſez de temps, pour paſſer au cœur; les frivoles bouchent le paſſage aux ſérieuſes.

LETTRE DE MADAME LA MARQUISE
DE RAMBOUILLET
A MADAME LA COMTESSE DE MAURE

XII

LETTRE DE MADAME LA MARQVISE DE RAMBOVILLET A MADAME LA COMTESSE DE MAVRE

SVR LE SVIET DE LA LETTRE PRECEDENTE DE MADAME CORNVËL

Paris, le . octobre 1659.

VOUS vous glorifiez, Madame, de ce que je me dois glorifier, & en vérité Madame Cornuël vaut trop; car rien n'eſt égal à la deſcription qu'elle vous a envoyée. Elle vaut mieux que tous les portraits qu'on a jamais faits, & ſi ce n'eſtoit, Madame, que je craindrois que vous croiriez peut-eſtre que ce ſeroit mon intereſt qui me feroit parler, ſachant bien que je ne puis eſpérer au mariage que tant que vous ne ſerez point veuve, je vous conſeillerois de faire bien prendre garde que l'on n'empoiſonnaſt Monſieur votre mary. Tout de bon, je trouve qu'il en court fortune; car comme vous ſavez, le perſonnage n'eſt pas méchant, à la vérité, mais il eſt bruſque, & ce qui eſt fait eſt fait. Aprés tout, Madame, je vous rens mille graces de m'avoir fait part d'une choſe qui m'a plus fait rire, que je n'avois fait il y-a long-temps. Je vous ſupplie que mon nom ſoit dans vn coin de la première lettre que vous écrirez à Madame Cornuël. Vous ferez vne grande charité au bon M. Conrart, de lui envoyer ce portrait.

LETTRE DE MADAME DESLOGES
A MONSIEVR DE BERINGHEN, SON NEVEV

XIII

LETTRE DE MADAME DESLOGES A MONSIEVR DE BERINGHEN, SON NEVEV

AVANT SA REVOLTE

Mon neveu,

L'INTEREST que j'ay à tout ce qui vous touche, m'oblige à vous avertir des bruits qui courent par deça de voſtre réuolte, confirmez par vne infinité de lettres de la cour, qui ne laiſſent plus aucun lieu de doute, meſme aux plus incrédules : ce que j'ay célé tant que j'ay pu à ma ſœur, ſachant que ſon eſprit, dejà accablé de triſteſſe, amaſſée de longue main, & cauſée par vne ſuite infinie de facheux accidens, ne pourroit réſiſter à vne ſi rude ſurcharge, dont la douleur luy ſeroit, ſans doute, plus ſenſible que la perte de tout ce qu'elle possède au monde de plus cher. De ſorte que quand vous n'auriez que cette ſeule conſidération, qui, deuant Dieu, vous rendroit coupable de la mort de celle qui vous a mis au monde, vous eſtes obligé de trauailler à la guérir au plus tôt, non ſeulement du mal, mais auſſi de l'appréhenſion, & du ſoupçon, en ſuiuant de point en point ſes ſérieuſes remontrances, qui ſont autant de commandemens que Dieu vous fait par ſa bouche. Mais vous auez encore de plus forts argumens, qui vous exhortent à perſévérance, dont le principal eſt le ſalut de voſtre ame, qui vous doit eſtre plus cher que tout ce que la cour vous peut faire eſpérer de fortune, & d'auantages, leſquels ne ſont que terre & fange, au prix du tréſor incomparable que nous attendons au ciel. Conſidérez, mon neueu, que le régne du Fils de Dieu n'eſt pas de ce monde, & que noſtre vnion auec luy conſiſte à porter la croix; que plus nous ſouffrons de miſères en cette vallée de larmes, plus nous ſommes aſſurés de noſtre gloire future, qui ſera éternelle, & ce que nous poſſédons icy bas ne dure qu'vn moment; que la vanité du monde & la vérité céleſte ſont choſes incompatibles; que ceux qui préférent celle-là aux graces que Dieu leur préſente par le mérite de ſon Fils, bien qu'enueloppées d'épines, ſont indignes d'y participer; que noſtre Sauueur reniera deuant ſon Père, qui eſt au ciel, ceux qui le renieront deuant les hommes; qu'il ne ſuffit pas de croire du cœur, ſi nous ne profeſſons de la bouche, la vérité de ſon Euangile; que la religion n'eſt pas vn jouët, & que Dieu ne ſe paye pas de moqueries ni d'éclairciſſemens; qu'il veut eſtre connu, & confeſſé en ſincérité de cœur. La méditation de toutes ces choſes, eſquelles vous eſtes ſi bien inſtruit que c'eſt abuſer du temps, que d'y vouloir ajoûter, vous peut fortifier contre toutes tentations : car vous ne pouuez pêcher par ignorance, & vous ne voudrez pas auſſi malicieuſement combattre la vérité, qui eſt le premier degré de péché contre le Saint-Eſprit, lequel eſt irrémiſſible. Je ſay qu'il y-a vn rude combat entre l'eſprit & la chair, & que vous auez beſoin d'y eſtre ſecondé de la grâce de Dieu : mais il ne la refuſe jamais à ceux qui le craignent, & qui la luy demandent en ſincérité. Je n'ignore point auſſi que vous auez l'honneur d'eſtre non-ſeulement ſujet, mais domeſtique d'vn grand Roy, de qui le ſervice ſemble, à quelques-vns, ne pouuoir compatir auec voſtre créance : mais qui ſait mieux que vous, qu'il n'y en a aucune qui enſeigne plus religieuſement, & commande plus exactement, le deuoir & l'obeiſſance des inférieurs envers leurs ſupérieurs, que la noſtre? que ceux qui en font profeſſion véritable ne peuvent, par qui, ni en quelque façon que ce ſoit, eſtre diſpenſés de cette obligation d'autant plus forte en nous, que nous la croyons moindre en toute autre religion? De ſorte que ſi vos actions répondent à la profeſſion, en laquelle Dieu vous a fait la grace d'eſtre né, & éleué, votre roy ſe treuvera ſeruy de vous auec fidélité, & auec vne paſſion très forte en tout ce qui regarde votre légitime vocation ; qui eſt tout ce qu'il peut déſirer de vous, les conſciences eſtant du reſſort de l'empire du Dieu ſouverain, & du tout libres de la juridiction des hommes ; auſſi eſt notre prince ſi généreux, & ſi bon & je diray ſi pieux, qu'il ne voudra pas y apporter aucune contrainte ; moins commencer par vous, qui ne deuez pas apprehender de ſervir de planche à la perſécution, entre vn milion d'ames qui, en ce royaume, profeſſent en toute liberté, & ſans crainte, ſous le bon plaiſir de Sa Majeſté, & le bénéfice de ſes édits, la meſme religion qui vous a eſté enſeignée. Dieu vous y veüille confirmer par ſa grace. Je te prie, mon cher neveu, de pardonner à mon zèle général & particulier, ce long diſcours, & le prendre en bonne part, conſidérant tous les deuoirs qui m'y obligent ; j'eſpère qu'il ſera ſuperflu, & que tu n'auras pas beſoin d'eſtre admoneſté en choſe qui te touche plus que nul autre, & où il n'eſt pas queſtion de choiſir, entre deux opinions problématiques, la meilleure ; mais ſeulement de conſerver le talent que Dieu t'a donné en dépôt, ce que tu dois eſpérer de ſa grâce, en y apportant de ton côté les prières pour l'en requérir & le mépris des biens & honneurs du monde. Sur tout, je te conjure, d'auoir compaſſion de ta poure mère, & de croire que les douleurs de ſon enfantement en te mettant au monde, n'ont eſté en rien comparables à celles qu'elle ſouffre maintenant à ton occaſion ; il dépend de toy d'y apporter du ſoulagement, ce que j'attens de la bonté de ton naturel ; & cependant je continuëray mes vœux pour ta prospérité, estant de tout mon cœur, ta bonne tante.

LETTRE DE MADEMOISELLE DE SCVDERY
A MADEMOISELLE DE PAVLET

XIV

LETTRE DE MADEMOISELLE DE SCVDERY A MADEMOISELLE DE PAVLET (1)

Mademoiſelle,

EN fin, après avoir pluſieurs fois penſé faire naufrage, je ſuis arrivée au port de Marſeille aſſez heureuſement; mais quelque douceur que l'on puiſſe treuver à ſe repoſer après la fatigue d'vn long voyage, je n'en ay, néantmoins, point ſenty de plus grande, que celle que je treuve à m'imaginer que du moins je ne m'éloigne plus de vous. Cette penſée a certainement quelque choſe qui flatte mon eſprit, qui le délaſſe, & qui le con-

(1) I'ay conſacre, dans ma Vie de Voiture, vn chapitre à Angelique Paulet, qui fut vn des principaux ornemens de l'Hoſtel de Rambouillet. A R

ſole plus que tous les divertiſſemens que l'on tache de me donner aux lieux où je ſuis. Ce n'eſt pas que je n'aye treuvé à Marſeille toute la civilité, & toute la courtoiſie poſſible, & comme je ſay que vous n'eſtes pas marrie de ſavoir tout ce qui arrive à mon frère & à moy, il faut que je vous rende conte de quelle façon l'on nous traitte icy. Vous ſaurez donc, Mademoiſelle, que nous avons treuvé en Madame de Mirabeau, vne des meilleures & des plus obligeantes femmes du monde ; car elle ne ſeut pas plutôt que nous eſtions icy, qu'elle & Madame de Morge ſa ſœur vinrent pour nous obliger de prendre leur maiſon ; mais comme nous ne le voulumes pas faire, elles ſe virent contraintes de nous inſtruire de la coutume de la ville, qui eſt d'eſtre trois ou quatre jours ſans ſortir, pour attendre les viſites de ceux qui veulent vous en rendre. Et comme nous avions quelque répugnance à ſuivre cet ordre, elle nous dit que tout le monde de Marſeille ſe tiendroit outragé, & croiroit que nous ne voudrions pas le voir, ſi nous en vſions autrement. Le lendemain donc, & quatre jours depuis, mon frère & moy avons gardé la chambre. A vous dire vray, ce n'a pas eſté ſans voir de plaiſantes choſes ; car, pour vous les dire comme elles ſe ſont paſſées, je ne penſe pas qu'il y ait vn ſeul homme de quelque conſidération dans Marſeille, qui n'y ſoit venu, ſoit des gentils-hommes, des conſuls, des officiers de galère, des juges, des eccléſiaſtiques, des advocats, des marchands, des matelots & meſme des forçats; & pour les femmes, le nombre en eſt ſi grand, que j'ay eſté contrainte d'en faire vn rôlle, qui préſentement ſe monte à quarente-deux maiſons différentes, où il faut que j'aille, qui veulent dire plus de quatre-vingts perſonnes qu'il faut demander. Je vous laiſſe à juger, Mademoiſelle, ſi de l'humeur dont je ſuis, je n'ay pas là vne occupation bien divertiſſante. Mais ce qu'il y-a de rare, eſt que de tout ce grand nombre de femmes, il n'y en a pas plus de ſix ou ſept qui parlent françois; ſi bien que cela fait vne ſi plaiſante converſation, que ſi je vous la pouvois dépeindre, je vous en ferois rire. J'ay toutefois cet avantage, ſans que je puiſſe dire comme je l'ay acquis, que j'entends aſſez bien le provençal, & qu'ainſi je ne laiſſe pas de les entretenir; mais c'eſt d'vne manière ſi plaiſante, qu'il faut l'avoir veu, pour le comprendre. Le plus facheux eſt qu'il les faut conduire juſques au milieu de la ruë, & qu'à chaque porte, il faut vne heure de compliment. J'eſpère, toutefois, n'eſtre pas long-temps en cette peine; car comme elles paſſent toute leur vie à jouer à vn jeu qui s'appelle *le baſecle*, que ſans doute elles aiment pour ſon antiquité, & qu'il n'y en a que trois ou quatre qui ne jouënt que par complaiſance, quand je leur auray rendu leurs viſites, je penſe qu'elles me laiſſeront en repos; du moins le ſouhaité-je ainſi. Après ces quatre jours de cérémonie, Madame de Mirabeau nous a traittés magnifiquement. Elle a eſté imitée de quelques autres, vn deſquels nous a donné à dîner avec vne prodigalité de Montoron ; car en fin, il y avoit ſix ſervices admirablement beaux & bons ; les perdrix, les biſques, les ortolans, les entremets, les gelées, les conſerves, les muſcats, les hypocras, les limonades, les fruits, & les confitures ſéches & liquides, y eſtoyent avec une abondance inconcevable. Mais, après tout, au milieu de ce paradis des Turcs, je diſois en moy-même, en ſongeant à vous, un vers que Malherbe a dit autrefois, parlant de Madame d'Auchy :

Ou Caliſte n'eſt pas, c'eſt là qu'eſt mon enfer.

Tout à bon, Mademoiſelle, je n'ay point ſurpris mon eſprit avec vn moment de plaiſir tranquille, depuis que je ſuis hors d'auprès de vous, mais pour n'oublier rien à vous dire, vous ſaurez encore que le lieutenant que mon frère a mis à Notre-Dame de la Garde, & qui eſt vn aſſez honnête homme, & aſſez riche, nous y a auſſi donné à dîner le premier jour que nous y avons eſté ; je ne vous dépeindray, s'il vous plaiſt, point cette cérémonie, ni ne vous feray point ouïr le bruit des canons, car la diſtance des lieux ne le permet pas ; mais je vous diray, qu'en vérité, Notre-Dame de la Garde eſt le plus beau lieu de la nature, par ſa ſituation. De la façon dont la place eſt diſpoſée, il y a quatre aſpects différens qui ſont admirables. D'vn côté on a le port & la ville de Marſeille ſous ſes pieds, & ſi près, que l'on entend les haubois de vingt-deux galères qui y font. De l'autre l'on découvre plus de douze mille baftides pour parler en termes du pays. Du troifième, on voit les îles & la mer à perte de veüe. Et du quatrième fans rien voir de tout ce que je viens de dire, on n'apperçoit qu'vn grand défert, tout herriffé de pointes de rochers, & où la ftérilité, & la folitude, font auffi affreufes, que l'abondance eft agréable de tous les autres endroits. Auffi tôt que je fus arrivée à ce bel hermitage, ma première penfée fut de demander au prieur de Notre-Dame de la Garde, qui nous y dit la meffe, où eftoit le tombeau de feu Monfieur de Meroüillon, & comme il me l'eut montré, ma première dévotion fut pour cet illuftre mort. Vous me ferez, s'il vous plaift, la grace de dire à Mefdemoifelles de Clermont que n'eftant pas en lieu de leur pouvoir rendre d'autres devoirs, j'ay du moins rendu ce pieux office à vn de leurs devanciers. Je me ferois donné l'honneur de leur écrire, auffi bien qu'à Madame leur mère, fur la perte qu'elles ont faite ; mais je vous avoüe ma foibleffe ; il y a fi long-temps que la mort eft introduite dans le monde, & qu'il y a des gens qui en écrivent & qui en parlent, que je ne treuve plus rien à en dire. Syncérement, Mademoifelle, je ne fay fi j'ay déjà pris le mal du pays ; mais j'ay l'efprit fi fay-néant, fi groffier & fi ftupide, qu'il m'a efté impoffible d'ofer entreprendre d'écrire deux lettres fur ce fujet. Mais pour réparer ce manquement, il faudroit que vous m'appriffiez qu'il fû arrivé vn grand bonheur à ces excellentes perſonnes, car je ne doute point que l'extrême joye que j'en aurois ne me fît treuver l'art de le leur témoigner, & de leur perſuader que je ſuis certainement vne de leurs plus paſſionnées ſervantes. En attendant cette agréable nouvelle, vous me ferez la faveur de les aſſurer de la continuation de mon très humble ſervice; & vous me ferez auſſi la grace de faire mes complimens à M. Conrart. Pour M. Chapelain, quoy que vous m'en diſiez, il n'eſt point jaloux de luy; c'eſt vne flaterie que vous m'avez écrite, qu'il déſavouëroit, ſans doute, s'il la ſavoit. Il y a deux choſes qui font qu'il ne le ſauroit eſtre, l'vne de ce qu'il eſt aſſuré du rang qu'il tient dans mon eſprit; & l'autre que je ne ſuis pas aſſez bien dans le ſien. Vous ſavez, Mademoiſelle, que cette paſſion en dit vne autre, c'eſt pourquoy ſongez vne autre fois vn peu mieux à expliquer ſes véritables ſentimens. Quand j'auray rendu vne partie des viſites que j'ay à faire, peut-eſtre lui demanderay-je vn peu plus ſérieuſement la continuation de ſon amitié; car pourveu que je ne luy écrive qu'vne fois ou deux en vn an, je penſe que la Pucelle n'aura pas ſujet de s'en pleindre. Au reſte, Mademoiſelle, je vous demande pardon ſi je vous entretiens ſi long-temps, & de choſes ſi peu raiſonnables, mais ſongez que vous êtes ma plus grande conſolation dans mon exil. J'ay eu vne douleur extrême de n'avoir point receu de vos nouvelles par cet ordinaire. Je ſay que c'eſt eſtre inconſidérée que d'abuſer de votre loiſir comme je fays ; mais vous eſtes bonne, vous me l'avez permis, & j'en ay grand beſoin ; faites donc s'il vous plaît, lorſque vous ne pourrez pas me faire la faveur de m'écrire, que M. Major m'apprenne au moins, par vn billet, l'état de votre ſanté, afin que mon imagination ne me faſſe pas ſentir des malheurs qui ne me ſont, peut-eſtre, pas arrivez. Si je ſuivois l'intention de mon frère, j'allongerois encore ma lettre, pour vous perſuader fortement qu'il eſt votre ſerviteur très humble, & très paſſionné, mais comme l'heure me preſſe, je ne vous diray plus rien, ſinon que je ſuis toujours de toute mon âme,

Mademoiſelle,

Votre très humble & très obéiſſante ſervante.

De Marſeille, le 13 *décembre* 1644

LETTRE DE M GODEAV, EVESQVE DE VENCE

A MADAME LA MARQVISE DE RAMBOVILLET

XV

LETTRE DE M GODEAV, EVESQVE DE VENCE

A

MADAME LA MARQVISE DE RAMBOVILLET

De Vence, le 27 septembre 1659

Madame,

JE n'oserois dire que je recommence à écrire, tant mon caractère est mauvais. Il vaut mieux dire, que je recommence à griffoner; mais avec tout cela, il me semble que mon premier griffonage vous est deû. Je ne suis pas autrement griffon; mes petites mains ne ressemblent guère à des griffes, & je n'ay jamais griffé personne. Griffoner des voyelles & des consones n'est pas vn grand crime, & cette griffonerie pourroit quelquefois devenir vne fort belle peinture. A propos de griffoneurs, qu'avez-vous jugé de la griffoneuse Sapho, & de sa rupture avec ses deux vieux amis, qui sont les moins griffonans que vous connoissiez? Je n'ose en juger qu'après vous, & je vous demande vostre sentiment en secret de confession, afin de régler le mien dessus. Cette nouvelle m'a tellement surpris, que je ne le puis jamais estre davantage. Après cela, je dis :

N'espere plus, mon ame, aux amitiez du monde,
Le cœur des femmes est vne onde
Que toûjours quelque vent empêche de calmer
Artenice a leur sexe & non pas leur foiblesse,
Doctes deesses du Permesse,
C'est donc elle qu'il faut aymer.

Ouy, Madame, je le répete en prose, c'est vous qu'il faut, qu'on doit, & qu'on peut aymer en toute assurance, sans craindre ni bizarrerie, ni inconstance, ni caprice, ni inégalité. Vous estes digne de beaucoup de louanges, mais je croy que celle-là est vne des plus glorieuses qui vous sont deûës, & que vous partagez avec le moins de personnes. Il n'y en a point dans le monde, avec qui je ne dispute de la passion, & de la fidélité, dans les occasions qui se présenteront de faire paroistre que je suis,

Vre tres humble, & très obéissant serviteur,

L'HERMITE MITRÉ

TABLE

Preface 1
Lettres du comte d'Auaux a Voiture. . 7
Lettres françoises de Balzac a Voiture . 33
Fragment de Balzac sur le sonnet d'Vranie 43
Balzacii epistolæ latinæ. . 47
Duncani Cerisantis versus . 55
Lettre inedite de Balzac a M. du Moulin . 59
Fragment sur Christine de Bourbon, duchesse de Sauoye 65
Pieces concernant Fouquet 71
Lettre de Mme de Montausier a Mme de Maure 77
Lettre de Mme de Maure a M. de Lyonne . 79
Lettre de Mme de Maure a Mme de Montausier 82
Lettre de la mesme a la mesme . 84
Lettre de Mme de Montausier a Mme de Maure 86
Lettre de Mme de Maure a Mme de Montausier 88
Lettre de Mme de Choisy a Mme de Maure . . 93
Lettre de Mme l'abbesse de Malnoue a Mlle de Goeslo 99
Lettre de Mme Cornuel a Mme de Maure. . 107
Lettre de Mme de Rambouillet a Mme de Maure. 113
Lettre de Mme Desloges a M. de Beringhen, son neueu . 117
Lettre de Mlle de Scudery a Mlle de Paulet. . 125
Lettre de M. Godeau, Euesque de Vence, a Mme de Rambouillet. 135

IN PRIN CIPIO
ERAT VER BVM
L
P

www.ingramcontent.com/pod-product-compliance
Ingram Content Group UK Ltd.
Pitfield, Milton Keynes, MK11 3LW, UK
UKHW021906260726
13966UKWH00006B/1037

9 782013 599276